REENCUENTRO CON SU PASADO
ABBY GREEN

Editado por Harlequin Ibérica.
Una división de HarperCollins Ibérica, S.A.
Núñez de Balboa, 56
28001 Madrid

© 2015 Abby Green
© 2017 Harlequin Ibérica, una división de HarperCollins Ibérica, S.A.
Reencuentro con su pasado, n.º 2528 - 8.3.17
Título original: The Bride Fonseca Needs
Publicada originalmente por Mills & Boon®, Ltd., Londres

Todos los derechos están reservados incluidos los de reproducción, total o parcial. Esta edición ha sido publicada con autorización de Harlequin Books S.A.
Esta es una obra de ficción. Nombres, caracteres, lugares, y situaciones son producto de la imaginación del autor o son utilizados ficticiamente, y cualquier parecido con personas, vivas o muertas, establecimientos de negocios (comerciales), hechos o situaciones son pura coincidencia.
® Harlequin, Bianca y logotipo Harlequin son marcas registradas por Harlequin Enterprises Limited.
® y ™ son marcas registradas por Harlequin Enterprises Limited y sus filiales, utilizadas bajo licencia. Las marcas que lleven ® están registradas en la Oficina Española de Patentes y Marcas y en otros países.
Imagen de cubierta utilizada con permiso de Harlequin Enterprises Limited. Todos los derechos están reservados.

I.S.B.N.: 978-84-687-9135-7
Depósito legal: M-43530-2016
Impresión en CPI (Barcelona)
Fecha impresion para Argentina: 4.9.17
Distribuidor exclusivo para España: LOGISTA
Distribuidores para México: CODIPLYRSA y Despacho Flores
Distribuidores para Argentina: Interior, DGP, S.A. Alvarado 2118.
Cap. Fed./Buenos Aires y Gran Buenos Aires, VACCARO HNOS.

Capítulo 1

VAYA, vaya, qué interesante. La pequeña Darcy Lennox en mi despacho, buscando trabajo.

Darcy intentó disimular su disgusto por la irritante, pero nada desacertada, referencia a su estatura. Al mismo tiempo, tenía que luchar contra el asalto a sus sentidos que provocaba la proximidad de Maximiliano Fonseca Roselli, de quien lo separaba solo su impresionante escritorio. Pero no era fácil porque seguía siendo tan devastadoramente atractivo como siempre. Más aún porque era un hombre, no el crío de diecisiete años que recordaba. Exudaba sexualidad como un efluvio invisible, pero embriagador, haciéndola pensar absurdamente que bajo el aspecto de seres civilizados en realidad solo eran animales.

Era mitad brasileño, mitad italiano, de pelo rubio oscuro algo alborotado y lo bastante largo como para dejar claro que le importaba un bledo lo que pensaran los demás. Aunque le había importado lo suficiente como para convertirse en uno de los multimillonarios más jóvenes de Europa, según una importante revista económica.

Darcy imaginaba que muchas mujeres estarían encantadas de observar cada uno de sus movimientos, pero notó algo nuevo en sus casi perfectas facciones y lo dijo en voz alta sin poder evitarlo:

—Tienes una cicatriz.

Iba de la sien izquierda hasta el mentón y le daba un aspecto aún más misterioso y sombrío.

Él arqueó una ceja de color rubio oscuro.

—Parece que no has perdido tu capacidad de observación.

Darcy se puso colorada. ¿Desde cuándo era tan grosera como para referirse al aspecto físico de otra persona?

Maximiliano se había levantado para saludarla cuando entró en el palaciego despacho, situado en el centro de Roma, y empezaba a sentir calor con el traje de chaqueta. Estaba ardiendo bajo la mirada de color ámbar que la había cautivado desde la primera vez que lo vio.

Él cruzó los brazos sobre el pecho y, a su pesar, los ojos de Darcy se clavaron en los marcados bíceps, que parecían a punto de hacer estallar la camisa. Aunque llevaba un elegante pantalón oscuro, no parecía muy civilizado y su mirada era demasiado perceptiva, demasiado cínica para ser amable.

—¿Y qué hace una alumna de Boissy le Château buscando trabajo como secretaria?

Antes de que ella pudiera responder, añadió, con tono despectivo:

—Pensé que te habrías casado con un aristócrata europeo y habrías tenido un montón de herederos, como las demás chicas de esa anacrónica institución.

Inmóvil bajo la mirada dorada, Darcy lamentó haber pensado que sería buena idea solicitar el puesto, publicado en un selecto boletín. Y odiaba tener que reconocer que, en el fondo, había sentido curiosidad por ver de nuevo a Max Fonseca Roselli.

—Solo estuve en Boissy un año más que tú —Darcy vaciló al recordar a Max golpeando a otro chico y la brillante mancha de sangre en contraste con el blanco de la nieve—. Mi padre sufrió graves pérdidas durante la recesión, así que volví a Inglaterra para terminar mis estudios.

No mencionó que había estudiado en un colegio público, más agradable que el opresivo ambiente de Boissy.

Max dejó escapar un suspiro de conmiseración.

—¿Así que Darcy no llegó a ser la más bella del baile en París, con las demás chicas de la alta sociedad?

La referencia al exclusivo baile anual de las debutantes hizo que apretase los dientes. No, ella no había sido la más bella de ningún baile. Sabía que Max no lo había pasado bien en Boissy, pero ella no había sido su enemiga, todo lo contrario. Se le encogió el corazón al recordar algo que había ocurrido en el colegio. Darcy había visto a dos chicos sujetando a Max, mientras otro lo golpeaba en el estómago. Sin pensar, se había lanzado sobre ellos gritando: «¡Parad ahora mismo!».

—No —respondió—. No fui al baile en París porque estaba ocupada estudiando para conseguir un título en Idiomas y Empresariales por la universidad de Londres, como podrás ver en mi currículo.

Que estaba sobre su escritorio.

—Ya —murmuró Max.

Aquello había sido un terrible error.

—Cuando supe que estabas buscando una secretaria pensé que sería una buena oportunidad, pero no debería haber venido —Darcy se inclinó para tomar su maletín del suelo.

Él la miraba con el ceño fruncido.

—¿Quieres el trabajo o no?

Darcy pensó que quizá no debería ser tan impetuosa, pero la enfadaba que el atractivo rostro de Max no la dejase pensar con claridad. Como siempre.

—Pues claro que quiero el trabajo. Necesito un trabajo.

Max arrugó la frente.

—¿Tus padres lo perdieron todo?

Ella dejó escapar un suspiro de irritación. Estaba dando a entender que buscaba trabajo porque su familia no podía mantenerla.

–No, afortunadamente mi padre pudo recuperarse. Pero lo creas o no, me gusta ganarme la vida por mí misma.

Max emitió un bufido de incredulidad y Darcy tuvo que morderse la lengua. No podía culparlo por pensar eso, pero al contrario que las demás alumnas del colegio, ella no esperaba que se lo dieran todo en bandeja de plata.

Esos ojos hipnotizadores estaban clavados en ella y Darcy tuvo que tragar saliva. Se sentía en desventaja con su pelo oscuro sujeto en una coleta, su diminutiva estatura y una figura rotunda que ya no estaba de moda. Había dejado de intentar adelgazar años antes, pensando que debía aguantarse con lo que tenía.

Max le preguntó:

–¿Hablas italiano?

Darcy respondió en ese idioma:

–Sí, mi madre es romana, así que soy bilingüe desde niña. También hablo alemán y francés. Y mi mandarín es aceptable.

Él miró su currículo y luego volvió a mirarla a ella.

–Aquí dice que has estado en Bruselas durante los últimos cinco años. ¿Vives allí?

Darcy encogió el estómago, como para protegerse de un golpe. La verdad era que no tenía un hogar fijo desde que sus padres se separaron cuando tenía ocho años. Desde entonces había ido de un colegio a otro, de un país a otro, cambiando constantemente debido al trabajo de su padre y a las relaciones sentimentales de su madre.

Había aprendido que la única constante en su vida, lo único de lo que podía depender, era ella misma y su habilidad para forjarse un futuro que le aportase seguridad.

—No tengo casa en este momento, así que puedo trabajar donde quiera. O donde esté mi trabajo.

De nuevo, Max clavó en ella su incisiva mirada y Darcy apretó los labios, insegura al pensar que podría estar comparándola con las esbeltas modelos con las que aparecía fotografiado en las revistas. A su lado, midiendo un metro cincuenta y siete, ella parecería un elefantito. En momentos de debilidad había comprado las revistas de cotilleos en cuya portada aparecía para leer el lascivo contenido. Porque era lascivo.

Cuando vio las fotografías de Max en una cama con dos modelos rusas había tirado la revista a la papelera, disgustada consigo misma.

De repente, él le ofreció su mano.

—Tendrás un periodo de prueba de dos semanas, empezando mañana. ¿Has encontrado alojamiento?

Darcy parpadeó. ¿Estaba ofreciéndole el puesto mientras ella pensaba en rubias amazonas tiradas sobre su torso? Estrechó su mano y, de repente, experimentó una oleada de calor cuando los largos dedos envolvieron los suyos.

Pero él apartó la mano bruscamente para mirar su reloj con gesto impaciente.

—Pues... sí. Tengo un sitio en el que puedo alojarme durante unos días —respondió, pensando en el humilde hostal en uno de los distritos más turísticos de Roma.

—Estupendo. Si te quedas, buscaremos algo más permanente. Ahora tengo una reunión, pero nos veremos mañana a las nueve en punto. Entonces te lo explicaré todo.

—Muy bien. Hasta mañana entonces —Darcy se dirigió a la puerta, pero se volvió antes de salir—. No haces esto porque nos conocimos hace años, ¿verdad?

Él la miró con gesto impaciente.

—No, Darcy. Eso es una simple coincidencia. Eres la

persona más cualificada para el puesto, tus referencias son impecables y, después de soportar a un montón de candidatas y hasta candidatos que parecen pensar que seducir al jefe es un requisito para conseguir el puesto, será un alivio trabajar con alguien que conoce los límites.

A Darcy no le gustó que descartase tan sumariamente su capacidad de seducción, pero antes de reconocer lo inapropiado que era ese pensamiento salió del despacho para no meter la pata.

Max miró la puerta cerrada, extrañamente inmóvil durante unos segundos. Darcy Lennox. Su nombre en la lista de candidatos para el puesto había sido una sorpresa inesperada, como lo había sido el vívido recuerdo de su rostro en cuanto leyó su nombre. Dudaba que pudiese reconocer a algún otro excompañero, aunque Darcy y él ni siquiera estaban en el mismo curso.

Sin embargo, tan pequeña y sencilla como era, le había impactado. Y eso era algo poco habitual en un hombre que solía apartar a la gente de su vida sin el menor remordimiento, fuesen amantes o socios que ya no le interesaban.

El recuerdo de esos ojos enormes y azules, en contraste con la piel bronceada, heredada de su madre italiana, seguía grabado en su mente.

Molesto consigo mismo, Max se pasó una mano por el pelo, alborotándolo aún más. Estaba agotado desde que volvió de su viaje a Brasil unos días antes y, francamente, sería un alivio trabajar con alguien que no lo viera como un reto similar a escalar un Everest sexual.

Darcy Lennox exudaba sentido común y seriedad. El hecho de que fuese alumna de Boissy, aunque hubiese tenido que dejar sus estudios, significaba que conocía su sitio y nunca se saltaría los límites. Al contrario que su última secretaria, a la que una mañana había encontrado esperándolo en su sillón, vestida solo con una de sus camisas.

Intentó imaginar por un momento a Darcy haciendo eso, pero lo único que podía ver era su circunspecta expresión, el serio traje de chaqueta y el pelo apartado de la cara. Lo invadió entonces una sensación de alivio. Por fin una secretaria que no lo distraería del contrato más importante de su vida; un contrato que lo convertiría en un contrincante serio en el competitivo mundo de las finanzas.

En realidad, aquello era lo mejor que le había pasado en mucho tiempo. Darcy no llamaría la atención mientras realizaba sus tareas de manera eficaz. Su currículo dejaba claro que estaba más que preparada.

Levantó el teléfono para hablar con la secretaria temporal y le dijo con sequedad:

—Despide a los demás candidatos, la señorita Lennox empieza mañana.

No se molestó en hablar del periodo de prueba de dos semanas, tan seguro estaba de haber tomado la decisión correcta.

Tres meses después

—¡Darcy, ven aquí ahora mismo!

Darcy puso los ojos en blanco mientras se levantaba, alisándose la falda. Cuando entró en el despacho y lo vio paseando de un lado a otro frente al escritorio maldijo el aleteo que sentía en el corazón siempre que lo miraba.

Emanaba energía, virilidad. Decidió pensar que su reacción era la misma que sentiría cualquier mujer normal ante un hombre con ese carisma.

—No te quedes ahí, entra de una vez.

Darcy había aprendido que la forma de lidiar con Max Fonseca Roselli era tratarlo como a un semental arrogante. Con el mayor respeto y atención, pero con mano firme.

–No hay necesidad de gritar –dijo con expresión calmada–. Estoy al otro lado de la puerta.

Entró en el despacho y se dejó caer sobre un sillón, mirándolo y esperando instrucciones. Debía admitir que, aunque sus maneras dejaban mucho que desear, trabajar con Max era la experiencia más emocionante de su vida. Era un reto seguir el ritmo de su rápido intelecto y había aprendido más de él que en todos sus otros trabajos juntos.

Poco después de empezar a trabajar, Max la había instalado en un lujoso apartamento cerca de la oficina por un alquiler ridículo. Pero él se había negado a escuchar sus protestas diciendo:

–No necesito preocuparme porque vivas en una zona mala, pero sí necesito que estés disponible para trabajar en cualquier momento, así que es por mi conveniencia tanto como por la tuya.

Darcy no había podido protestar. La había instalado donde era accesible para él, no por consideración. Le daba igual que estuviera sola en una ciudad que no conocía tanto como debería, considerando que su madre era romana.

Trabajaban hasta muy tarde, incluso algunos sábados, y su ética profesional era intimidante.

–¿Cuál ha sido la respuesta de Montgomery?

Darcy no tuvo que mirar sus notas.

–Vendrá a Roma con su mujer la semana que viene. Y quiere que cenéis juntos.

Max hizo una mueca.

–Maldita sea. Estoy seguro de que ese viejo disfruta alargando el momento de la firma todo lo posible.

Aquello era inusual, desde luego. La mayoría de la gente que trataba con Max sabía que no debía negarle lo que quería.

—Montgomery no cree que yo pueda manejar su patrimonio. Soy un desconocido, no tengo sangre azul y, lo peor de todo, no estoy respetablemente casado.

«No, desde luego que no», pensó Darcy, recordando el reciente fin de semana que Max había pasado en Oriente Medio, visitando a su exótica amante, una famosa modelo. Irracionalmente, lo imaginó con un montón de hijos exóticos de ojos dorados, pelo oscuro y largas piernas.

—Darcy.

Se puso colorada cuando la pilló perdida en sus pensamientos. Trabajar con él todos los días debería haberla inmunizado, no haber empeorado la situación, ¿no?

—Es solo una cena, Max, no una prueba —comentó, intentando recuperar la calma.

—Pues claro que es una prueba —replicó él, con tono irritado—. ¿Por qué crees que quiere presentarme a su mujer?

—Tal vez solo quiera conocerte mejor. Después de todo, vas a manejar una de las fortunas más antiguas e ilustres de Europa, el legado de su familia.

Max soltó un bufido.

—Montgomery ya me habrá catalogado como posible candidato. Un hombre como él no tiene más que hacer en la vida que divertirse jugando con los demás como si fueran simples peones.

Se pasó una mano por el alborotado pelo, un gesto ya familiar, y Darcy se quedó sin respiración durante un segundo. Y luego, furiosa por esa reacción, dijo con tono exasperado:

—Pues entonces... —hizo una pausa, preguntándose

cómo debía describir a su última amante y escogió la opción más diplomática–. Lleva a Noor a esa cena y convence a Montgomery de que la vuestra es una relación estable.

Él la miró con expresión horrorizada.

–¿Llevar a Noor Al-Fasari a cenar con Montgomery? ¿Te has vuelto loca?

Darcy frunció el ceño. Tontamente, se alegraba de esa reacción.

–¿Por qué no? Es tu amante, una mujer preciosa e inteligente...

Max hizo un gesto con la mano.

–Es mimada, petulante y avariciosa. Además, ya no es mi amante.

Darcy tuvo que hacer un esfuerzo para disimular su reacción ante esa bomba. Evidentemente, las revistas aún no tenían esa información, y Max no solía confiarle sus secretos.

–Es una pena. Parecía una chica encantadora.

Max esbozó una sonrisa burlona.

–Elijo a mis amantes por muchas razones, pero nunca las he elegido por ser «encantadoras».

No, las elegía porque eran las mujeres más bellas del mundo y porque podía tener a quien quisiera.

Darcy no podía apartar la mirada de sus ojos, atrapada por algo inexplicable... pero entonces sonó el teléfono. El sonido rompió el intenso e incómodo contacto visual y, temblando, alargó una mano para responder.

–Es el sultán de Al-Omar –dijo luego.

–Muy bien.

Darcy se levantó con cierto alivio y salió del despacho mientras escuchaba la profunda voz de Max saludando a su amigo y uno de sus clientes más importantes.

Cerró la puerta y se apoyó en ella un momento. ¿Qué

había querido decir con esa mirada? Lo había pillado a menudo mirándola con una expresión indescifrable, y cada vez que ocurría su pulso se aceleraba tontamente.

Volvió a sentarse tras su escritorio, enfadada consigo misma. Sería una tonta si pensara que Max la miraba con algo más que interés profesional. Además, ella no quería que la mirase de otro modo. No pensaba arriesgar el mejor trabajo de su vida mirándolo como lo hacía en el colegio, cuando estaba encandilada por él.

Max cortó la comunicación y se levantó para mirar por la ventana, inquieto. Desde allí tenía una impresionante vista de las antiguas ruinas de Roma, algo que solía calmarlo. Pero no en aquel momento.

El sultán Sadiq de Al-Omar había renunciado a su soltería para sentar la cabeza, uno más en su reducido círculo de amigos. La conversación había terminado cuando su esposa entró en el despacho con su hijo, a quien había oído reír alegremente. Sadiq le había contado que estaban esperando un segundo retoño y parecía muy feliz.

En otra ocasión le hubiera tomado el pelo, pero algo en esa tangible felicidad lo había hecho sentirse extrañamente vacío.

Recordó entonces la reciente boda de su hermano en Río de Janeiro. Después de una vida entera separados, el legado de unos padres divorciados que vivían en distintos continentes, su hermano y él no tenían una relación muy cercana. Pero había ido a la boda, más por una cuestión de negocios compartidos que por cariño fraternal.

Si tenía algo en común con su hermano, aparte de los genes, era el arraigado cinismo. Pero ese cinismo había desaparecido de los ojos de Luca desde que conoció a su esposa.

Max suspiró, intentando apartar ese recuerdo. Maldita introspección. ¿Desde cuándo se sentía vacío? ¿Y desde cuándo perdía el tiempo pensando en su hermano y su nueva esposa?

Siguió mirando por la ventana, con el ceño fruncido. Él era un solitario; lo había sido desde que tuvo que buscarse la vida siendo muy joven porque no tenía a nadie más que a sí mismo.

Y, sin embargo, tuvo que admitir con cierta irritación, que sus amigos y su hermano hubieran sentado la cabeza estaba empezando a dejarlo en minoría. Ir a cenar con Montgomery y su mujer no le apetecía nada y, además, estaba seguro de que el escocés querría aprovechar la oportunidad para demostrar que no estaba capacitado para hacer el trabajo.

Pensó entonces en la sugerencia de Darcy de llevar a su examante a la cena. Pero, por alguna razón, no era el rostro de Noor el que veía sino los ojazos azules de Darcy. Y cómo se había ruborizado cuando le dijo lo que pensaba de tal sugerencia.

Se encontró comparando a las dos mujeres y pensando que no podrían ser más diferentes.

Noor Al-Fasari era sin duda una de las mujeres más bellas del mundo. Y, sin embargo, cuando intentaba recordar su rostro le resultaba imposible.

Y Darcy... Max frunció el ceño. Le sorprendía reconocer que, aunque no era una belleza espectacular como Noor, Darcy era algo más que guapa o atractiva.

Y, siendo justo, su trabajo no era promocionar su belleza. De repente, se encontró preguntándose cómo sería vestida de modo más atrayente y sutilmente maquillada para destacar esos enormes ojos y esos labios rosados.

Horrorizado, se encontró pensando en su voluptuosa figura mientras salía del despacho unos minutos antes. Podría engañarse a sí mismo pensando que había estado centrado en la conversación con su amigo, pero en realidad sus ojos habían estado clavados en cómo la falda lápiz se pegaba a sus generosas caderas y cómo el fino cinturón de cuero negro destacaba una cintura tan pequeña que seguramente podría abarcarla con una sola mano.

El vello de su nuca se erizó. Era casi como si la presencia de Darcy hubiera ido creciendo en su subconsciente durante los últimos meses. Y, como para cimentar tan inquietante revelación, su sangre se desplazó hacia una parte de su anatomía que estaba portándose de forma descontrolada.

Atónito, se dejó caer en el sillón, temiendo que Darcy entrase en el despacho y lo pillase en ese momento de enajenación.

Era el recuerdo de su examante lo que había precipitado esa falta de control, se dijo. Tenía que ser eso. Pero cuando intentaba pensar en Noor, con cierta desesperación, lo único que podía recordar eran los gritos, junto con el caro jarrón que le tiró a la cabeza, cuando le dijo que su aventura había terminado.

Sonó un golpecito en la puerta y Darcy asomó la cabeza en el despacho.

—Me voy a casa, en caso de que necesites algo.

Y así, de repente, la sangre de Max se inflamó como nunca. Era como si se hubiera abierto un dique y lo único que podía ver era su brillante pelo castaño apartado de la cara. Y sus provocativas curvas. Los pechos altos, generosos, que empujaban la camisa de seda, la estrecha cintura, las femeninas caderas, los firmes muslos, las piernas bien torneadas de tobillos finos. Y todo eso en una mujer que medía menos de metro sesenta. Cuando él nunca había encontrado particularmente atractivas a las mujeres bajitas.

Ni siquiera iba vestida para seducir; al contrario, era el epítome del estilo clásico y recatado.

Sin embargo, lo único que deseaba en ese momento era acercarse a ella y estrecharla entre sus brazos. Y, siendo un hombre que no estaba acostumbrado a controlar sus deseos cuando se trataba de las mujeres, Max se sintió desorientado.

Qué demonios... ¿se estaba volviendo loco?

Darcy frunció el ceño.

—¿Ocurre algo, Max?

—No, no pasa nada.

—¿Entonces por qué me miras con esa cara?

Max pensó en la cena con Montgomery y su mujer, imaginándose entre ellos haciendo de carabina. Y en ese momento tomó una decisión.

—Estaba pensando en la cena con Montgomery.

Darcy enarcó una ceja.

—¿Y?

—Tú irás conmigo –anunció Max.

Ella lo miró, sorprendida.

—¿Crees que es apropiado?

Por fin, Max pudo controlar su recalcitrante reacción y se levantó, con las manos en los bolsillos del pantalón.

—Sí, creo que es apropiado. Tú has trabajado en este contrato conmigo y te necesito para controlar la conversación y para que seas amable con la mujer de Montgomery.

Ella no parecía convencida.

—¿No crees que tal vez otra persona sería más...?

—No quiero seguir hablando del asunto. Irás conmigo a esa cena y no hay nada más que decir.

Darcy lo miró con esos ojazos azules y, por un momento, casi mareado, Max sintió como si pudiera ver dentro de su alma. Por suerte, el momento se rompió cuando ella se encogió de hombros.

—Muy bien. ¿Necesitas algo más?

Max se imaginó abriendo la blusa para ver sus pechos envueltos en un sujetador de seda y tuvo que hacer un esfuerzo para responder:

–No, puedes irte.

Por suerte para él, Darcy salió del despacho sin decir nada más.

Max se pasó las dos manos por el pelo, frustrado. En otras circunstancias, esa extraña reacción sería una señal clara de que debía buscar una nueva amante, pero lo último que necesitaba mientras negociaba con Montgomery era ser el centro de cotilleos y especulaciones de la prensa.

De modo que, por el momento, tendría que controlar el deseo que despertaba en él su eficaz secretaria; una situación imposible que seguramente algún dios habría orquestado para divertirse.

Capítulo 2

UNA semana después, Darcy seguía pensando en la cena con Montgomery, que tendría lugar al día siguiente. Aunque era ridículo sentirse tan inquieta. Muchas secretarias acompañaban a sus jefes en eventos sociales relacionados con el trabajo.

Entonces, ¿por qué su pulso se aceleraba cuando pensaba en ser vista en público con Max?

Porque era una tonta, pensó, dando un respingo cuando Max gritó su nombre desde el despacho. Su hosquedad desde la última semana debería haberla tranquilizado. Desde luego, no estaba dando la más remota indicación de que pensara en algo más que el negocio.

Intentando calmarse, se levantó a toda prisa para entrar en el despacho, pero, como siempre, en cuanto puso los ojos en él sus entrañas se encogieron.

Max estaba paseando de un lado a otro, enérgico y furioso. Darcy suspiró. Aquel contrato también estaba empezando a ponerla de los nervios.

Él se dio la vuelta y la miró con expresión fiera mientras se dejaba caer en el sillón.

—¿Qué he hecho ahora?

—Nada. No eres tú, es...

—Montgomery —terminó Darcy la frase por él.

El silencio de Max le dijo que estaba en lo cierto.

—Necesito que trabajes esta noche. Quiero asegurarme de que mañana no tenga ni una sola razón para dudar de mi capacidad.

Darcy se encogió de hombros.
—Muy bien.
Max se puso las manos en las caderas, con un gesto de determinación en sus preciosas facciones.
—Muy bien, despeja mi agenda para hoy, vamos a dedicarnos a esto todo el día. Quiero estudiarlo hasta que no quede ni una sola duda.
Darcy se levantó, preparándose mentalmente para tan ardua tarea.

Mucho más tarde, Darcy, descalza sobre la alfombra del despacho, arqueó la columna vertebral y se llevó las manos a la espalda. Debía ser casi medianoche y estaba agotada.
—Ya está, ¿no? –le preguntó Max–. Hemos repasado todos los archivos, informes y correos. Hemos comprobado su historial completo y revisado todos sus negocios.
Ella levantó una mano para colocar un mechón de pelo que había escapado del moño.
—Creo que ahora mismo podríamos escribir la biografía de Cecil Montgomery.
Las luces de la ciudad de Roma parecían envolverlos en un extraño capullo de silencio. Él estaba tras el escritorio, con el cuello de la camisa abierto y las mangas subidas hasta el codo. Apenas parecía cansado mientras ella sentía como si la hubieran arrastrado por el suelo.
La miraba con una expresión extraña, como perdido por un momento, y su pulso se aceleró una vez más. Se puso colorada al recordar que acababa de estirarse como una gata.
Pero el momento pasó y Max se levantó para ir al bar con su gracia habitual, a pesar del largo día de tra-

bajo. Era descabellado imaginar que la hubiese mirado de un modo especial.

Cuando le ofreció un vaso con un líquido de color ámbar su primer pensamiento fue que era del mismo color que sus ojos.

–Whisky escocés. Me parece lo más apropiado –le dijo, refiriéndose a la nacionalidad de Montgomery.

Darcy sonrió mientras hacían chocar los vasos.

–*Sláinte*.

Sus ojos se encontraron mientras tomaban un trago. El licor era como fuego líquido bajando por su garganta. Sabiendo que debían estar solos en el enorme edificio, y sintiéndose tímida de nuevo, Darcy se sentó en un sofá al lado del escritorio.

Max estaba frente a la ventana, de perfil, y Darcy se encontró preguntando impulsivamente:

–La cicatriz... ¿cómo te la hiciste?

Max apretó el vaso entre los dedos y dijo sin mirarla:

–Es asombroso cómo fascinan las cicatrices a la gente, especialmente a las mujeres.

Darcy lamentó de inmediato haber preguntado.

–Lo siento, no es asunto mío.

–No, no lo es.

Max recordó a una Darcy mucho más joven, pero con el mismo rostro ovalado, la misma expresión preocupada mientras se interponía entre los chicos que le estaban pegando una paliza.

Él estaba jadeando, como un pez al que hubieran sacado del agua, con los ojos vidriosos, experimentando una humillación y una rabia ya familiares cuando ella apareció de repente, como una diminuta gladiadora. Cuando los chicos se fueron y pudo recuperar el aliento, Darcy lo miraba con gesto preocupado.

Sin pensar en lo que hacía, aún mareado, Max se

había erguido para tocar su cara, diciendo casi como para sí mismo:

—«Y aunque sea menuda, es una fiera».

Notó que se ponía colorada antes de darse la vuelta. Él aún estaba sin aliento después del ataque, atónito ante el impulso que le había hecho citar a Shakespeare.

Darcy estaba dejando el vaso sobre el escritorio, al parecer decidida a marcharse. ¿Y por qué no iba a hacerlo después de una respuesta tan desabrida?

Por impulso, Max se encontró diciendo:

—Ocurrió aquí, en Roma, cuando vivía en la calle.

Ella lo miró con gesto de sorpresa.

—¿Vivías en la calle?

Max apoyó un hombro en el cristal de la ventana, intentando mantener una expresión hermética. Pero, curiosamente, no lamentaba que se le hubiera escapado ese dato.

—Viví en las calles durante un par de años, cuando me echaron de Boissy.

Darcy lo miró durante unos segundos, pensativa.

—Recuerdo la mancha de sangre en la nieve...

Max se sintió enfermo. También él lo recordaba y, a veces, ese recuerdo lo despertaba en medio de la noche, sudando. Desde entonces había jurado no dejar que nadie lo hiciese perder el control. Los ganaría en su propio juego, en su enrarecido mundo.

—Un chico fue al hospital, inconsciente por mi culpa.

Ella sacudió la cabeza.

—¿Por qué te atormentaban de ese modo?

Max hizo una mueca.

—Porque uno de sus padres era el último amante de mi madre y me pagaba el colegio. Y eso no les hacía mucha gracia.

Darcy tenía el vago recuerdo de una mujer increíblemente bella y elegante llegando al colegio con Max en un coche con chófer.

Y, de repente, se encontró apoyándose en una esquina del escritorio, en lugar de marcharse como había pensado hacer unos segundos antes.

—¿Por qué vivías en la calle?

La expresión de Max era muy seria.

—Mi madre olvidó decirme que había decidido mudarse a Estados Unidos con su nuevo amante y no dejó ninguna dirección. Digamos que no era precisamente una mujer muy maternal.

—Pero imagino que tendrías más familia... ¿tu padre?

La expresión de Max era tan hosca que Darcy tuvo que contener un escalofrío.

—Tengo un hermano, pero mi padre murió hace años. En cualquier caso, no podía pedirle ayuda. Mi padre había dejado bien claro que yo era responsabilidad de mi madre y desde que se divorciaron no quiso saber nada de mí. Además, vivía en Brasil.

Darcy intentó disimular su sorpresa.

—Pero entonces debías tener...

—Diecisiete años —la interrumpió él con gesto serio.

—¿Y la cicatriz?

Parecía destacar más en ese momento y Darcy tuvo que contener el deseo de tocarla.

Max movió el líquido dentro de su vaso, pensativo.

—Vi que estaban robando a un hombre y salí corriendo detrás del ladrón. No me di cuenta de que era un yonki con un cuchillo hasta que se dio la vuelta y me rajó la cara. Pero conseguí quitarle el maletín. No voy a mentirte, hubo un momento en el que yo mismo estuve a punto de salir corriendo con él, pero no lo hice —se encogió de hombros, como si perseguir yonkis y ser honrado no fuese nada importante—. El propietario estaba tan agradecido que insistió en llevarme al hospital y consiguió que le contase parte de mi historia. Era un ejecutivo de una empresa de finanzas y, como gesto de buena voluntad por devolverle el maletín, me ofreció un puesto de becario. Yo sabía que era mi oportunidad y me juré a mí mismo no desperdiciarla...

–Yo diría que no la desperdiciaste –lo interrumpió Darcy–. Debía ser una persona muy especial.

–Sí, lo era –asintió Max con un tono extrañamente suave–. Una de las pocas personas en las que confiaba por completo. Murió hace un par de años.

Hasta allí llegaba el murmullo del tráfico, el ruido de alguna sirena a lo lejos, pero todo a su alrededor era oscuro y dorado. Darcy sentía como si estuviera en un sueño. Jamás se le hubiera ocurrido pensar que pudiese tener una conversación tan íntima con Max, que era inescrutable en sus mejores días y nunca hablaba de su vida privada.

–Entonces, no te resulta fácil confiar en la gente.

Él hizo una mueca.

–Aprendí desde muy joven a cuidar de mí mismo. Si confías en alguien te vuelves débil.

–Eso es muy cínico –comentó Darcy, aunque no parecía muy convencida.

Max se apartó de la ventana y, de repente, estaba muy cerca. Podía oler su aroma, una ligera mezcla de almizcle con algo mucho más sencillo y masculino.

–¿Y tú? ¿Me estás diciendo que tú no te volviste cínica después del divorcio de tus padres?

Para evitar su incisiva mirada, Darcy se concentró en el paisaje al otro lado de la ventana. Una parte de ella se había roto cuando sus padres se divorciaron, pero no le gustaba pensar en ello. No quería preguntarse si era por eso por lo que evitaba las relaciones.

–Prefiero ser realista más que cínica –respondió por fin.

Max esbozó una sonrisa irónica. ¿Se había acercado más? Se sentía muy cerca de Darcy en ese momento.

–Llamémosle cinismo realista entonces –sugirió–. Así que, ¿nada de sueños de una casita con valla blanca y dos niños para reparar el daño que te hicieron tus padres?

Darcy contuvo el aliento. Maldito fuera por dar en su punto débil una vez más: su deseo de tener una base, un hogar propio, su propio oasis en una vida que, ella sabía bien, ponía ponerse patas arriba en un segundo.

Su trabajo se había convertido en ese oasis, pero sabía que necesitaba algo más, algo con raíces más tangibles.

Intentó disimular que había dado en la diana.

–¿De verdad parezco alguien que anhela una idílica vida hogareña?

Él sacudió la cabeza mientras dejaba el vaso sobre el escritorio. Aquel momento de intimidad debería ser raro, pero después de aquel día intenso, encerrados en la oficina, y después de que Max le revelase el origen de la cicatriz, experimentaba una peligrosa sensación de familiaridad.

Se dijo a sí misma que era la experiencia compartida en Boissy lo que hacía que la suya no fuese una relación normal jefe-secretaria, pero la verdad era que no quería moverse cuando el brazo de Max rozó ligeramente el suyo. El calor del whisky parecía extenderse por todo su cuerpo, provocando una sensación de delicioso letargo.

Max estaba tan cerca que podía ver sus pestañas de color oro bruñido, más claras en las puntas.

–No –respondió por fin–. No creo que estés buscando una idílica vida hogareña. Pareces muy centrada en tu trabajo. Tal vez un poco solitaria, ¿no?

Tenía amigos en Gran Bretaña, pero ninguna relación romántica. Y le dolió que fuese tan perspicaz.

Estaba dejando que el cansancio, el whisky y aquella inesperada revelación de Max afectasen a su buen juicio. No había ninguna intimidad entre ellos y, además, estaban agotados.

Lo rozó sin querer cuando se levantó e intentó apartar la mirada.

–Es tarde. Debería irme si quieres que mañana esté lo bastante despierta como para prestar atención en la cena.

–Sí, seguramente es lo más sensato.

Estaba tan desesperada por apartarse que se golpeó la cadera con la esquina del escritorio.

Max puso una mano en su brazo.

–¿Te has hecho daño?

Darcy se quedó sin aliento.

–No, no ha sido nada.

El dolor fue eclipsado por el brillo en los ojos de Max. De repente, el ambiente estaba tan cargado que debería correr en dirección contraria. Pero, curiosamente, no quería obedecer a ese impulso.

Mirándola con expresión decidida, Max tiró de su brazo. Darcy sabía que podía apartarse, pero la sorpresa y la excitación se apoderaron de ella.

–¿Qué haces? –susurró.

El tiempo pareció detenerse cuando Max puso una mano en su nuca, empujándola inexorablemente hacia él.

–No he dejado de preguntarme cómo sería esto –dijo con voz ronca.

–¿Cómo sería qué?

–Esto...

Antes de que el cerebro de Darcy pudiese procesar lo que estaba pasando, Max se apoderó de su boca, encajando en sus suaves contornos como la pieza de un puzle colocándose en su sitio.

Se hacía dueño de su boca con maestría, invitándola a abrir los labios... algo que Darcy se encontró haciendo sin pensar. El beso se convirtió de inmediato en algo diferente... algo mucho más profundo y oscuro.

Exploraba de forma atrevida las profundidades de su boca, acariciándola sensualmente, provocando una reacción en su vientre que no podía controlar. Su cuerpo, tan duro y viril, despertaba sus más secretos deseos femeninos.

Max la levantó para sentarla sobre el escritorio y colocarse entre sus piernas abiertas y ella no era capaz de pensar con coherencia o hacer algo que no fuese responder a la enfebrecida llamada de su sangre. Era embriagador, mareante, algo que no había sentido nunca.

Max levantó sus piernas para apoyarlas en sus caderas y Darcy sintió el empuje de su erección en el vientre. Fue esa prueba de lo cerca que estaban del precipicio lo que rasgó la neblina de pasión que trastornaba su cerebro.

Se apartó, respirando con dificultad, pero intentando razonar: «Max Fonseca Roselli no puede desearme. No soy su tipo. Está jugando conmigo».

Saltó del escritorio tan abruptamente que dejó a Max sorprendido. Su corazón latía con la misma violencia que si hubiera corrido una maratón.

Pero poner algo de espacio entre ellos hizo que Darcy viera lo que había pasado con humillante certeza. Un minuto antes estaban estudiando la vida de Montgomery y sus estrategias de negocios y, de repente, estaban tomando un whisky y Max le había contado cosas que nunca hubiese esperado escuchar.

Y, de repente, ella se había pegado a él como una lapa.

Nunca se había comportado con tan poca profesionalidad en su vida, pensó, avergonzada, ignorando el deseo de echarse de nuevo en sus brazos.

Max, que en ese momento parecía el playboy de dudosa reputación que describía la prensa, observaba a su presa a varios metros de distancia. Sus pómulos se habían cubierto de un oscuro rubor y tenía el pelo alborotado. «Santo cielo». Ella era la responsable, ella había enredado los dedos en su pelo, agarrándose a él como una *groupie* hambrienta de sexo.

Cuando por fin pudo encontrar su voz, dijo con tono acusador:

—Esto no debería haber pasado.

Varios mechones escapaban de su moño y levantó las manos para solucionarlo, pero ver que la mirada de Max se clavaba en sus pechos la hizo sentir aún más humillada. Si no hubiesen parado... pero decidió no preguntarse qué estarían haciendo en ese momento.

¿Dejando que le hiciese el amor sobre el escritorio? Parecía el cliché de una mala película porno: *Darcy seduce a su jefe*.

Sintiéndose enferma, bajó las manos después de arreglarse el moño.

Max, que no parecía compartir su angustia, dijo con irritante despreocupación:

—Esto ha pasado y tenía que pasar tarde o temprano.

—No digas tonterías —replicó ella, asustada al pensar que se había percatado de su fascinación por él—. Tú no me deseas.

Max cruzó los brazos sobre el pecho.

—No tengo por costumbre besar a mujeres a las que no deseo.

—¡Ja! —replicó Darcy mientras empezaba a buscar sus zapatos—. ¿De verdad esperas que crea que estás interesado? ¿Que esto no ha sido más que un momentáneo traspiés, alimentado por el cansancio y la proximidad? —Por fin encontró sus zapatos y se los puso a toda prisa–. Esto no debería haber pasado. Es totalmente inapropiado.

–¿El cansancio y la proximidad?

El tono sarcástico de Max hizo que levantase la mirada. Parecía disgustado.

–Sí.

–Eso ha sido química, pura y simple. Nos deseábamos y aunque hubiéramos estado despiertos y separados por un muro de piedra yo seguiría deseándote.

El corazón de Darcy se volvió loco en el explosivo silencio creado por esas palabras. ¿La deseaba? No, no era posible.

–Firmaré mi carta de renuncia...

–¡No harás tal cosa!

–Pero no podemos seguir trabajado juntos después de lo que ha pasado –replicó ella, cruzándose de brazos–. Me contaste que habías tenido problemas con secretarias que no sabían cuál era su sitio.

–Lo que acaba de pasar ha sido mutuo. No tengo ningún problema con eso... ha sido tanto responsabilidad mía como tuya. Más mía que tuya ya que soy tu jefe.

–Exactamente –asintió Darcy, exasperada–. Más razón para no seguir trabajando juntos. Hemos cruzado una línea y no hay vuelta atrás.

Max sabía que era cierto. Nunca había perdido el control de forma tan espectacular. Él no era ningún santo, pero nunca había mezclado los negocios con el placer; siempre había mantenido ambos mundos bien separados.

Seguía sorprendido por lo que había pasado, pero su conciencia se reía de él. Como si hubiera podido evitarlo. Llevaba días como un perro en celo y besar a Darcy había sido una tentación irresistible.

Había estado pendiente de ella durante todo el día y

eso le decía que el deseo de la noche anterior no había sido una aberración momentánea. En cuanto apareció en el despacho había querido deshacer su moño y apoderarse de su boca. Tenía que hacer un esfuerzo para relegarla al papel de secretaria, diciéndose a sí mismo que aquello era ridículo.

Cuando se sentaron en la alfombra para comer sushi con palillos le había parecido más seductor que si estuvieran en el elegante entorno de un restaurante con tres estrellas Michelin. Y cuando se quitó los zapatos y se puso de rodillas en el suelo para colocar papeles había tenido que luchar contra el loco impulso de colocarse detrás de ella y tirar de sus caderas...

Dio.

Darcy iba a marcharse por culpa de su falta de control. Max sintió que se le encogía el estómago.

–No vas a renunciar a tu puesto.

Ella levantó la barbilla en un gesto orgulloso. Sus labios estaban ligeramente hinchados y Max se distrajo al recordar lo suaves que eran y el dulce, pero afilado, roce de su lengua...

Maledizione. Pensar en ello era suficiente para excitarlo de nuevo.

–No creo que tú tengas mucho que decir al respecto.

Que su tono fuese tan frío cuando él estaba ardiendo lo hizo reaccionar con ira.

–Sí tengo algo que decir... si te importa tu futuro profesional.

Se arrepintió de inmediato al ver que palidecía, pero no había sitio para remordimientos.

–No pienso seguir en un puesto donde las líneas de la profesionalidad se saltan tan a la ligera –insistió Darcy.

–Tienes razón, no debería haber pasado, pero así ha sido –replicó Max, pasándose una mano por el pelo.

Había olvidado sus prioridades por un momento, pero no volvería a ocurrir–. Necesito que me ayudes a cerrar este trato con Montgomery. No puedo arriesgarme a contratar una nueva secretaria en este momento.

Max vio que Darcy se mordía los labios, sus pequeños dientes blancos clavándose en la rosada piel. Por un segundo, estuvo a punto de decir que había cambiado de opinión y debería marcharse, pero algo lo detuvo. Y se dijo a sí mismo que era el importante contrato con Montgomery.

Ella se dio la vuelta para mirar por la ventana y, sin poder evitarlo, Max clavó los ojos en su estrecha cintura. Su camisa estaba desabrochada, fuera del pantalón. Por su culpa. Recordaba cuánto había deseado tocar su piel, ver si era tan sedosa como imaginaba que sería.

Reconocer eso lo dejó noqueado. Las mujeres más bellas del mundo le habían hecho más de un *striptease* erótico y, sin embargo, en ese momento estaba excitado por el faldón de una camisa de falsa seda saliendo de un pantalón.

Entonces Darcy se dio la vuelta y dijo en voz baja:

–Sé lo importante que es este contrato para ti.

Su tono hizo que Max se sintiera desprotegido. Pero ella no podía saber lo importante que era. No podía saber que ese contrato haría que por fin se sintiera aceptado, que por fin podría escapar del sentimiento de humillación que lo había perseguido durante toda su vida. Y algo peor, el sentimiento de abandono.

Pero no podía negarlo.

–Sí, es muy importante para mí.

Darcy clavó en él sus ojos azules. Estaba demacrada y parecía reticente.

–Me quedaré, pero solo hasta que el contrato esté firmado y solo si lo que ha pasado esta noche no vuelve a repetirse.

Max solía conseguir lo que quería y quería a Darcy. Pero, por primera vez en su vida, tuvo que reconocer que tal vez no siempre podría tener lo que quisiera, que algunas cosas eran más importantes que otras. Y aquel trato con Montgomery era más importante que tener a Darcy en su cama.

Además, no quería que ella viera lo difícil que le resultaba apartarse. Eso sería exponerse demasiado.

De modo que fingió despreocupación, falsa porque lo único que quería era tumbarla sobre cualquier superficie.

—No volverá a pasar. Venga, vete a casa. Mañana será un día muy largo. Y no olvides traer ropa para la cena. Iremos al restaurante directamente desde aquí.

Darcy no dijo nada. Sencillamente salió del despacho y cerró la puerta con incongruente suavidad.

Max se acercó a la ventana y, unos minutos después, la vio saliendo del edificio, alejándose a paso rápido para mezclarse con los transeúntes y turistas que llenaban las calles de Roma.

Se relajó al no tenerla a su lado, con esos ojazos azules mirándolo tan directamente que sentía como si estuviera bajo unos focos.

No merecía la pena perder un contrato por una mujer y menos por la pequeña Darcy Lennox, con sus provocativas curvas. Por fin, Max se dio la vuelta y suspiró al ver los papeles tirados por el suelo del despacho.

En lugar de marcharse se dirigió al bar para servirse otro whisky y después empezó a reunir los papeles, intentando olvidarse de Darcy.

Darcy daba vueltas en la cama horas más tarde, demasiado inquieta como para conciliar el sueño. Era como si su cuerpo estuviera enchufado a una corriente eléctrica y un exceso de energía burbujease por su cuerpo.

Estaba enchufada a Max.

Sus miembros se volvieron de gelatina al recordar ese momento de tensión, antes de que la besara. Casi le parecía notar la huella de su cuerpo apretado contra el suyo y sintió un cosquilleo entre las piernas que la obligó a cerrarlas.

Habían dado un gran salto, apartándose de los papeles de jefe y secretaria y había ocurrido tan rápido que aún le parecía irreal. ¿De verdad había amenazado con dejar su puesto? ¿Y Max había amenazado su futuro profesional si se atrevía a marcharse? Sí, era muy capaz de hacerlo. Sabía que era implacable cuando se trataba de socios o empleados.

El trato con Montgomery era más importante para él que la contrariedad de haber compartido un momento tan íntimo e inapropiado con su secretaria.

Sabía que lo que había pasado era debido a la fatiga y al momento de intimidad que habían compartido cuando le habló de su pasado.

Jamás hubiera podido imaginar que se había visto obligado a vivir en la calle. Ningún otro alumno de Boissy hubiera durado dos días en la calle, pero Max había aguantado dos años y había logrado prosperar de una forma espectacular.

De hecho, la enigmática figura de Maximiliano Fonseca Roselli de repente adquiriría una perspectiva mucho más profunda.

Incapaz de dormir, se incorporó para encender la lámpara y tomó su Tablet para buscar información sobre la familia de Max. Un montón de fotografías aparecieron en la pantalla, entre ellas la de un hombre alto y moreno, Luca Fonseca, empresario y filántropo brasileño. El hermano de Max. Y luego más fotografías del mismo hombre con una bellísima rubia. Eran fotos de una boda. Darcy recordaba haber leído algo sobre el matrimonio de Luca Fonseca y la célebre *socialite* Serena de Piero recientemente.

¿Habría ido Max a la boda? Estaba a punto de buscar más información sobre sus padres cuando se dio cuenta de lo que estaba haciendo y cerró la tapa de la Tablet con fuerza.

Apagó la luz y volvió a tumbarse, enfadada consigo misma por haberse dejado llevar por la curiosidad. Max solo era un hombre con el que había compartido un breve e imprudente momento de locura, un hombre que solo debería interesarle hasta que cerrase el trato con Montgomery para poder salir de su órbita y seguir adelante con su vida.

Capítulo 3

DARCY se miraba en el espejo del baño con ojo crítico, pero en realidad no estaba viendo su reflejo. Estaba nerviosa después de un largo día en el que Max se había mostrado amable y solícito, sin una sola mirada, una sola señal que recordase que habían estado a punto de hacer el amor sobre su escritorio la noche anterior.

En un momento dado había estado a punto de decirle que se portase de forma normal y le gritase como era su costumbre.

Estaba decidida a olvidar aquel momento de intimidad. Ella solo mantenía relaciones sexuales cuando conocía bien a un hombre, pero al final siempre se apartaba porque no quería llevar más lejos la relación.

Darcy soltó un bufido. Como si tuviera que preocuparse por algo así con Max Fonseca Roselli. Si algo ocurriera entre ellos, él saldría corriendo tan rápido que la cabeza le daría vueltas durante una semana.

Tomó aire, intentando dejar de pensar en Max. Había comprado el discreto vestido negro que llevaba para acudir a eventos profesionales, pero en aquel momento le parecía inadecuado. El escote era demasiado bajo y la cintura demasiado estrecha. La tela se pegaba a sus nalgas y muslos, algo que no había notado en la tienda. La manga raglán era demasiado elegante y, cuando se movía, la discreta abertura a un lado parecía gritar: «estoy intentando ser sexy».

Empezó a ponerse nerviosa de verdad, sabiendo que el tiempo corría. Ya llevaba veinte minutos en el baño e imaginó a Max paseando de un lado a otro, mirando su reloj con gesto impaciente. En fin, era demasiado tarde para cambiarse, de modo que se retocó el maquillaje, se echó un poco de perfume y se puso unos zapatos de tacón.

Llevaba el pelo suelto, pero en el último momento decidió hacerse un moño, que sujetó a toda prisa con unas horquillas.

Le ardían las mejillas y una gota de sudor corría entre sus pechos. Maldiciendo a Max, y a sí misma, por fin salió del baño con la ropa de trabajo guardada en una bolsa. Aliviada, vio que no estaba esperándola en el pasillo.

Guardó la bolsa en el armario y llamó a la puerta del despacho de Max antes de entrar.

Pero al hacerlo estuvo a punto de dar un paso atrás. Él estaba de pie, con el mando de la televisión en la mano, mirando un canal de noticias económicas. Tenía el pelo alborotado como de costumbre, y el mentón bien afeitado le daba un aspecto aún más fuerte y masculino. Llevaba un traje de chaqueta de tres piezas en color gris oscuro, con una camisa blanca y una corbata de seda gris. Darcy tragó saliva cuando se dio la vuelta para mirarla. No podía respirar. Literalmente, no podía llevar oxígeno a sus pulmones. Nunca había visto a nadie tan atractivo en toda su vida. Y el recuerdo de ese cuerpo fibroso apretado contra el suyo, entre sus piernas, era lo bastante vívido como para tener que sujetarse a la puerta.

Hubo un largo y tenso silencio hasta que Max apagó la televisión, arqueando una ceja.

—¿Estás lista?

Darcy tuvo que hacer un esfuerzo para encontrar su voz:

–Sí.

Max dio un paso adelante y ella dio un paso atrás, casi tropezando con sus propios pies para tomar el bolso y la ligera chaqueta a juego con el vestido. Cuando iba a ponérsela, Max se la quitó de las manos para colocarla caballerosamente sobre sus hombros.

Maldiciendo su imaginación, que la hacía pensar que había rozado su cuello de forma sugerente, salió del despacho a toda prisa para no preguntarse, por ejemplo, por qué el vestido se pegaba a sus piernas o qué demonio la había empujado a no ponerse medias. El roce de sus muslos desnudos provocaba un cosquilleo sensual que no había sentido antes. Nunca había sido dada a sueños eróticos. Ella era demasiado pragmática.

No miró a Max mientras esperaban el ascensor, pero una vez en el interior el aroma de su colonia dominaba el pequeño espacio.

–¿Llevas los documentos? –le preguntó él.

–Sí –Darcy levantó el pequeño maletín que llevaba en una mano junto con el bolso.

El ascensor pareció tardar una eternidad en bajar los diez pisos que llevaban al vestíbulo.

–Tendremos que mirarnos en algún momento de la noche –dijo Max, sarcástico.

A regañadientes, Darcy levantó la cabeza y fue como si la golpeara un rayo. El brillo en los ojos de Max provocó una corriente eléctrica entre los dos, como si hubiera estado esperando hasta que estuvieran cerca para activarse.

Era lógico que se hubieran esquivado durante todo el día. Los dos habían querido evitar aquello.

Durante el nanosegundo que tardó en entenderlo Max dio un paso adelante y se dio cuenta de cuánto deseaba volver a tocarlo. No había nada más allá del habitáculo del ascensor. El deseo latía como algo tangible.

Pero entonces sonó una campanita, las puertas del ascensor se abrieron y los dos se detuvieron cuando estaban a punto de tocarse.

Max murmuró una palabrota en italiano mientras tomaba su brazo para llevarla hacia la limusina que los esperaba en la puerta.

–He dicho mirarnos, Darcy. No...

–¿No qué? –ella soltó su brazo de un tirón, temblando por la descarga de adrenalina y avergonzada al pensar que prácticamente había estado babeando–. No he hecho nada. Eres tú el que me mira como si...

–¿Como si no pudiera dejar de pensar en lo que pasó anoche? –terminó Max la frase por ella–. Porque no he podido. Y tú tampoco.

Darcy no podía decir nada porque tenía razón. Había sido una ingenua al pensar que podía experimentar un momento como ese con Max Fonseca Roselli y olvidarlo, como un incidente aislado y sin importancia.

Pero podía lidiar con ese deseo. Podía controlarlo. Lo que no podía entender era que Max siguiera deseándola.

Él miró su reloj y dijo con tono seco:

–Llegaremos tarde. No podemos hablar de esto ahora –murmuró, tomándola del brazo para entrar en el coche sin que ella pudiera protestar.

Hicieron el viaje al restaurante en un silencio tenso. Darcy no lo miraba, temiendo lo que pudiera ver si lo hacía. No podría soportar su ardiente mirada en ese momento.

Pero una cosa estaba clara: le entregaría su carta de renuncia antes de que el contrato con Montgomery estuviese firmado. No podía seguir trabajado para Max, pero estaba segura de que a él no le haría gracia saber eso en aquel momento.

El coche se detuvo delante de uno de los restaurantes más exclusivos de Roma. Los meros mortales tardaban más de seis meses en conseguir mesa, pero Max no tenía ese problema.

Le ofreció su mano para salir del coche y, aunque Darcy quería evitar cualquier contacto físico, tuvo que aceptarla o arriesgarse a trastabillar sobre los tacones.

Max seguía sujetando su mano cuando escucharon una voz alegre a su lado:

–No me habías dicho que ibas a venir acompañado.

Él la tomó del brazo mientras se daba la vuelta para enfrentarse con su Némesis.

Cecil Montgomery era considerablemente más bajo que Max, y considerablemente mayor, con el pelo casi blanco. Sus penetrantes ojos azules tenían un brillo de acero, pero exudaba simpatía y la primera impresión resultaba agradable. Había una mujer alta a su lado, elegante y refinada, con un rostro simpático y unos ojos de color gris oscuro, el pelo plateado sujeto en un moño clásico.

–Os presento a mi mujer, Jocasta.

–Encantada –Darcy estrechó la mano de Montgomery y después la de su mujer.

Cuando entraban en el restaurante se dio cuenta de que Max no la había presentado como su secretaria. ¿O lo había hecho y no lo había oído?

Ella nunca había hablado con Montgomery, ya que Max se comunicaba personalmente con él, de modo que era posible que siguiera pensando que era su cita. Y eso la hizo sentir irritantemente sofocada.

Dejaron los abrigos en el guardarropa y el maître los acompañó a la mesa, las mujeres caminando delante de los hombres. El restaurante destilaba lujo y exclusividad. La decoración no habría estado fuera de lugar en Versalles, y hasta el murmullo de conversaciones resultaba elegante. Darcy reconoció a varios políticos italianos y a una estrella de cine.

Jocasta Montgomery la tomó del brazo y dijo en voz baja, con su melodioso acento escocés:

–No sé tú, querida, pero estos sitios siempre me hacen sentir el abrumador deseo de tirar comida por todas partes.

Fue algo tan inesperado que Darcy soltó una carcajada.

–Te entiendo, es una incitación a la rebelión.

Llegaron a una mesa redonda, la mejor del local, y tomaron asiento. Para sorpresa de Darcy, la conversación resultó fluida y agradable. Max y Montgomery hablaban de las fluctuaciones del mercado y de los recientes escándalos. Y entre los entrantes y el primer plato, Jocasta empezó a hablar sobre Roma y qué cosas le gustaban de la ciudad.

Todos intentaban disimular que aquella cena era en realidad sobre si Montgomery iba o no a poner su precioso negocio en manos de Max hasta que sirvieron el café después del postre.

Darcy disfrutaba tanto charlando con Jocasta que casi había olvidado por qué estaban allí, pero empezaba a notar una tensión casi palpable en el ambiente y Max parecía tenso.

Era desconcertante reconocer cómo percibía su tensión mientras Montgomery lo miraba por encima de su taza de café, antes de dejarla suavemente sobre el plato.

–La cuestión es que no imagino a nadie mejor que tú para manejar mi patrimonio y hacerlo crecer en el futuro. Como sabes, me interesa mucho la filantropía y el trabajo de tu hermano me ha inspirado.

Max hizo una inclinación con la cabeza.

–Gracias.

–Mi única reserva es... que llevas una vida de soltero –Montgomery miró a Darcy con gesto de disculpa–. Yo he trabajado siempre pensando en la familia. La mía sobre todo, claro, pero también para beneficiar a otras. Y eso no habría ocurrido si no tuviese fuertes lazos familiares. Pero tú, Max, tú vienes de una familia rota. No te has hablado con tu hermano mellizo durante años y no tienes relación con tu madre.

Darcy miró de uno a otro sin entender. ¿Max y su hermano eran mellizos?

Vio que una vena latía en su sien, cerca de la cicatriz, que destacaba sobre su piel morena. La cicatriz que le habían hecho porque su madre se había desentendido de él, dejándolo indefenso en la calle.

—Veo que has estado investigándome —el tono de Max parecía amistoso, pero Darcy notó una peligrosa tensión.

Montgomery se encogió de hombros.

—Imagino que tú también lo habrás hecho.

—Mi relación con mi hermano o mi madre no tiene nada que ver con mi capacidad para manejar tu patrimonio, Cecil.

Otro hombre se habría encogido ante el tono amenazador, pero no así Montgomery.

—No —respondió—. Creo que tienes razón, pero me preocupan los riesgos que estés dispuesto a asumir; riesgos que podrías no asumir si tuvieras una perspectiva distinta de la vida. Mi temor es que, basándote en tu experiencia, podrías estar en contra de los valores sobre los que yo he levantado este patrimonio, y que eso influirá en la toma de decisiones porque solo tienes que preocuparte de ti mismo.

Darcy tuvo que tragar saliva. Cecil Montgomery acababa de diseccionar la vida de Max con despiadada y acusadora frialdad; y eso despertó un inquietante sentimiento protector, una absurda necesidad de defenderlo.

Incluso Jocasta Montgomery había puesto una mano en el brazo de su marido y le decía algo al oído.

Darcy miró a Max, que había dejado su taza sobre el plato.

–Tienes razón en casi todo, Cecil –dijo sonriendo, pero era una sonrisa fría, dura–. Provengo de una familia rota y mi hermano y yo sufrimos mucho por culpa de unos padres a quienes importaba un bledo nuestro bienestar.

–Por favor –lo interrumpió Jocasta–. No tienes que explicar...

Pero Max levantó una mano, sin dejar de mirar a Montgomery.

–He dicho que tu marido tiene razón en *casi* todo. Pero hay una cosa que no ha salido en tu investigación.

Montgomery enarcó una ceja.

–¿Qué me he perdido?

Para sorpresa de Darcy, Max tomó su mano y la apretó con fuerza.

–Ella. Puedes ser el primero en felicitarnos por nuestro compromiso.

Darcy podría haber disfrutado de la cara de sorpresa de Montgomery, pero temía que sus propios ojos se hubieran salido de las órbitas.

–Pero... –empezó a decir Jocasta–. Darcy me ha dicho que es tu secretaria.

La mirada de Max dejaba claro que no debía decir nada. Luego volvió a mirar a la pareja al otro lado de la mesa, cubierta por un mantel de damasco.

–Y lo es. Así es como volvimos a encontrarnos.

–¿Os conocíais? –preguntó Montgomery.

–Darcy y yo fuimos al mismo colegio, Boissy le Château, en Suiza. Allí fue donde nos conocimos. Hace tres meses empezó a trabajar para mí –Max se encogió de hombros–. Y el resto es historia, como se suele decir.

–Ay, Cecil –Jocasta Montgomery puso una mano

sobre la de su marido, mirándolo con los ojos brillantes–. Así es como nosotros nos conocimos.

Darcy tragó saliva al recordar ese detalle: Jocasta había sido su secretaria en Edimburgo en los años setenta.

Cecil Montgomery miró a Max con gesto receloso y cuando la miró a ella, Darcy sintió que le ardía la cara.

–Bueno, querida, parece que debo felicitarte. ¿Cuándo ocurrió el feliz evento?

Max apretó su mano mientras respondía:

–Hace unas semanas. Entonces supe que Darcy no se parecía a ninguna otra mujer que hubiera conocido. Había un lazo entre nosotros en el colegio... y se avivó en cuanto volvimos a vernos.

Darcy seguía demasiado sorprendida como para decir nada, pero cuando intentó apartar la mano Max no se lo permitió.

–Querida, ¿te encuentras bien? Estás muy pálida –dijo Jocasta Montgomery.

Darcy sabía que debería levantarse, tirar la servilleta sobre la mesa y decir que estaba mintiendo. Aquella era su oportunidad. Debería alejarse de Max en aquel mismo instante y no mirar atrás.

Y poner así el último clavo en el ataúd del trato con Cecil Montgomery.

Si quería vengarse por la descarada mentira, eso era lo que debería hacer.

Pero no podía apartar de su cabeza lo brutal que Montgomery había sido sobre el pasado de Max, sembrando dudas sobre su capacidad. Y no podía dejar de recordar el deseo que había sentido de defenderlo. Ese deseo seguía allí, a pesar de su enfado por haberla puesto en aquella situación intolerable.

Darcy hizo un esfuerzo para sonreír.

–Estoy bien, de verdad. Es que me ha sorprendido

que Max lo hiciera oficial. Hasta ahora, era nuestro secreto.

Se arriesgó a mirar a Max y vio que algo brillaba en el fondo de esos extraordinarios ojos. ¿Alivio? Por suerte, aflojó un poco la presión en su mano.

—Y mi marido ha hecho que a Max se le escapara —se lamentó Jocasta—. Bueno, creo que lo que debemos hacer es celebrarlo.

Un camarero apareció con una botella de champán y cuatro copas. Parecía como si todo ocurriese a gran velocidad y Darcy estaba desorientada.

Jocasta sonreía, su marido no parecía convencido del todo y Max intentaba fingir que todo estaba bien. Darcy sintió el deseo de soltar una carcajada histérica mientras tomaba un sorbo del espumoso líquido.

—¿Cuándo tendrá lugar la boda? —preguntó Montgomery.

Con la tranquilidad de un hombre implacable, dispuesto a conseguir lo que quería, Max respondió:

—En dos semanas —de nuevo, apretó su mano, mirándola con tal intensidad que su corazón se encogió—. Quiero hacerla mía antes de que descubra cómo soy de verdad y me deje para siempre.

Por primera vez desde que hizo tan increíble anuncio, Darcy sintió que recobraba la calma.

—Bueno, *querido*, creo que quizá haya un problema con este arreglo porque aún no me has comprado el anillo —anunció, apartando la mano.

Jocasta rio.

—Tiene razón, Max. Una mujer que ha recibido una proposición de matrimonio merece un precioso anillo de compromiso.

Sonriendo, Max tomó su mano de nuevo para llevársela a los labios y, cuando depositó un beso en su dedo anular, la calma que acababa de recuperar se fue por la ventana.

—Y por eso voy a llevar a mi prometida a París mañana, para una cita privada en Devilliers. Iba a ser una sorpresa.

Darcy abrió los ojos como platos. Devilliers era la joyería más antigua y exclusiva del mundo.

—Y nosotros la hemos estropeado —se lamentó Jocasta de nuevo—. Cecil, deja de meterte en su vida. Están comprometidos. Míralos, no pueden dejar de tocarse.

—Bueno, parece que tu perspectiva de la vida está cambiando —dijo Montgomery—. En cualquier caso, anunciaré a quién voy a confiarle mi patrimonio durante nuestra fiesta de aniversario en Escocia, rodeados por nuestra familia. Llevamos cuarenta años juntos —añadió, apretando la mano de su esposa—. Estáis invitados los dos, por supuesto. Será dentro de tres semanas. Tal vez podríais incluir el viaje a Inverness en vuestra luna de miel.

¿Luna de miel?

Darcy entendió entonces la enormidad de lo que estaba pasando y, como si hubiera notado su miedo, Max puso una mano en su pierna, bajo la mesa, justo por encima de la rodilla.

—Nos encantaría. ¿Verdad, *cara*?

Max la miraba a los ojos, el peso de su mano en la pierna provocando un traicionero calor que se extendía entre sus muslos.

—Yo...

Max aprovechó su desconcierto para apoderarse de sus labios y evitar que dijese nada más.

Cuando la soltó estaba ardiendo, sin aliento, manipulada por un maestro. Y los Montgomery se preparaban para despedirse, creyendo que estaban haciendo de carabinas.

Darcy no sabía si abofetear a Max o gritarles que esperasen un momento para aclarar la situación. Pero algo se lo impedía y era demasiado cobarde como para investigar qué era.

Se levantaron para despedirse de la pareja y cuando estuvieron solos de nuevo, Max volvió a sentarse con un gesto de suprema satisfacción.

Pero, aprovechando que el restaurante estaba casi vacío, Darcy sí tiró la servilleta sobre la mesa, furiosa con él y consigo misma por ser tan débil.

–¿A qué demonios estás jugando?

Max miró alrededor y tiró de su muñeca para obligarla a sentarse.

Darcy hizo una mueca. Algo se le ocurrió entonces, una horrible sospecha.

–Por favor, dime que no lo tenías planeado.

–No, pero he visto la oportunidad y la he aprovechado.

Ella dejó escapar una risita histérica.

–¿Una oportunidad? ¿Así es como llamas a inventar un falso compromiso con tu secretaria?

Él pasó un brazo sobre el respaldo de la silla y puso la otra mano sobre la mesa. Acorralándola.

–No será un compromiso falso, Darcy. Vamos a casarnos.

Ella lo miraba, boquiabierta, incapaz de articular palabra. Sabía que había hecho mal al aceptar la mentira de Max, pero había esperado que en cuanto estuvieran solos él le asegurase que nada de eso iba a pasar, que solo lo había dicho para aplacar a Montgomery y encontraría algún método para deshacer el entuerto.

Sacudió la cabeza, como si así pudiese recuperar la cordura y el sentido común, pero Max seguía mirándola, en silencio.

–Tal sea la fatiga, o el estrés, pero creo que es posible que te hayas vuelto loco. Esta conversación se ha terminado y esta relación también. Busca a alguien que quiera ser tu conveniente secretaria-prometida. Yo no voy a serlo solo porque tú hayas decidido que es lo que más te conviene. Además, nadie creerá que has decidido casarte con alguien como yo. Está claro que Montgomery no lo ha creído, así que al final no conseguirás nada.

Se levantó con las piernas temblorosas y, antes de que pudiese detenerla, se volvió para salir del restaurante, humillada y ofendida. Max había aprovechado esa oportunidad a sus expensas. Que quisiera utilizarla de ese modo solo para conseguir sus objetivos no debería sorprenderla, pero así era.

Max la vio salir del restaurante sin saber qué hacer. Entendía su sorpresa porque él mismo estaba sorprendido. No sabía qué lo había empujado a hacer tan descabellado anuncio.

Y entonces recordó: «vienes de una familia rota, no tienes relación con tu madre y tu hermano... perspectivas distintas».

Recordó la rabia que había sentido cuando Montgomery analizó tan fríamente su vida, cuestionando sus motivos y su capacidad basándose solo en su propia experiencia.

Había querido borrar esa altanera sonrisa de su rostro y, en un momento de locura, se le ocurrió qué debía hacer para bajarle los humos: fingir un matrimonio. Con Darcy.

Y ella le había seguido la corriente, aunque por su expresión parecía como si le hubiese dado un puñetazo en el estómago.

Darcy.

Max se quedó helado al pensar que estaba decidida a marcharse. Pero no iría a ningún sitio habiendo tanto en juego, decidió mientras se levantaba y salía a la calle en dos zancadas.

–Sube al coche, por favor.

Darcy estaba a punto de parar un taxi cuando Max la tomó del brazo y prácticamente la empujó al interior de la limusina.

–Esto es un secuestro –protestó ella.

–No lo creo. Enzo, llévanos a mi apartamento –le ordenó al conductor. Y luego pulsó un botón que levantaba el cristal separador, encerrándolos en el oscuro interior del coche.

Darcy se cruzó de brazos, fulminándolo con la mirada.

–Te has pasado, Max. Me da igual lo que quieras, tú y yo no vamos a casarnos. He cambiado de opinión, no voy a esperar a que firmes el contrato con Montgomery. Subiré al primer avión para irme de Roma en cuanto me dejes en paz.

–No hay por qué ponerse tan dramática. Solo vamos a hablar –replicó él, mirando por la ventanilla como si no pensara decir una palabra más.

Darcy echaba humo por la situación y por el cosquilleo que provocaba su proximidad. Max Fonseca Roselli era un canalla arrogante. Pensar eso la hizo sentir algo mejor.

Unos minutos después, el coche se detuvo frente a un moderno edificio. Max le ofreció su mano y, sabiendo que no podía escapar, Darcy dejó que la ayudase a bajar, pero soltó su mano en cuanto pisó la acera.

Entraron en un enorme vestíbulo de acero y cristal, con espectaculares cuadros de arte moderno en las paredes. Era un sitio discreto y exclusivo y, a su pesar, se preguntó cómo sería el apartamento.

Max saludó al conserje antes de entrar en el ascensor y pulsó un botón con la letra A. ¿Cómo no?, pensó Darcy. Por supuesto que vivía en un ático.

Cuando el ascensor empezó a moverse se colocó en una esquina, tan alejada de él como era posible. Max se apoyó en la pared y la miró con los ojos entornados.

—No hace falta poner cara de conejillo asustado. No voy a comerte.

—No —asintió ella con expresión seria—. Solo vas a poner mi mundo patas arriba.

Capítulo 4

DARCY siguió a Max al interior del apartamento con cierta cautela. Por lo que pudo ver cuando encendió las luces, era un sitio tan moderno y elegante como el propio edificio, con ventanales del techo al suelo que ofrecían una asombrosa panorámica de Roma.

Le dolían los pies por culpa de los altos tacones, pero dejaría que sangraran antes de quitarse los zapatos. Aún recordaba sus pies desnudos en el despacho la noche anterior, el capullo de intimidad en el que parecían estar envueltos y dónde los había llevado eso.

–¿Una copa?

Max se había quitado la chaqueta y la corbata y estaba desabrochando los dos primeros botones de la camisa. Tenía un aspecto pecadoramente sexy con el chaleco del traje.

–No, no quiero una copa. Y no quiero hablar. Me gustaría irme a algún rincón del planeta, lo más lejos posible de ti.

Él se encogió de hombros, como si lo que acababa de decir no tuviese importancia, y procedió a servirse una copa, haciéndole un gesto para que se sentara en el sofá.

–Ponte cómoda.

Ella se agarró al bolso como a un salvavidas.

–Ya te he dicho que no quiero...

–Pues lo siento porque vamos a hablar.

Darcy emitió un suspiro mientras se dejaba caer sobre un sillón de aspecto incómodo.

Max empezó a pasear, pero se detuvo para decir:

—No había planeado hacer el anuncio de nuestro compromiso esta noche.

—Yo no estoy tan segura. Te salió como si fuera algo ensayado, junto con ese ingenioso plan de llevarme a Devilliers para comprar el anillo. Dime una cosa, ¿vamos a ir en tu jet privado?

Max masculló una palabrota antes de tomarse la copa de un trago y dejar el vaso sobre la mesa.

—No lo había planeado. Pero es que Montgomery... *Dio*, ya oíste lo que dijo.

Darcy recordó el sentimiento protector que había despertado en ella cuando Montgomery empezó a diseccionar su vida tan fríamente. La verdad era que Max había mantenido la calma ante peores provocaciones, pero aquella había sido personal, sobre su familia.

Se levantó entonces, sintiéndose extrañamente vulnerable.

—Lo he oído, sí. Está claro que la familia le parece fundamental, ¿pero de verdad crees que le importa si estás casado o no?

—Montgomery cree que debo preocuparme de alguien aparte de mí mismo —dijo él con tono amargo.

—¿Y por eso decidiste utilizarme a mí?

—Sí.

—Solo soy un medio para conseguir un fin: hacerte con su patrimonio.

«Solo un medio para conseguir un fin». ¿Por qué esas palabras sonaban tan mal? Por supuesto que era así. Todo en su vida era un medio para llegar a un fin. Y ese fin estaba muy cerca.

—Sí, lo eres, no voy a mentirte. Pero si haces esto, no te irás con las manos vacías. Puedes poner el precio que quieras.

Darcy dejó escapar una risa amarga.

–Créeme, no tienes suficiente dinero para convertirme en tu esposa. Ni siquiera creo que me caigas bien.

–No voy a comprar una esposa. Te estoy pidiendo que hagas esto como parte de tu trabajo. Sé que es demasiado pedir, pero serás recompensada.

Ella echó la cabeza hacia atrás.

–No insistas, nada podría convencerme.

–¿Nada? –repitió Max mientras daba un paso adelante, su visión nublada de repente por las curvas bajo el vestido.

Darcy levantó una mano en un gesto de advertencia.

–Para ahora mismo.

Max se detuvo, pero su sangre ardía. Nunca había conocido a una mujer a la que no pudiera seducir. ¿Estaba dispuesto a seducir a Darcy hasta que aceptase el acuerdo? Su cerebro le pedía precaución, pero su cuerpo gritaba: «sí».

Se decantó por el lado de la precaución. Por el momento.

Darcy seguía con la mano levantada.

–Ni se te ocurra, Max. Ese beso, lo que pasó entre nosotros... fue un error que no volverá a ocurrir.

Él mantuvo la boca cerrada. Aunque le gustaría contradecirla, necesitaba su beneplácito.

–Todo el mundo tiene un precio, Darcy. Solo tendremos que estar casados durante el tiempo necesario para firmar el contrato. Luego nos divorciaremos y podrás seguir adelante con tu vida. Nada más. Solo es una extensión de tu trabajo y te aseguro que después tendrás el puesto que quieras, en el país que quieras.

El resoplido de Darcy dejaba claro lo que pensaba de esa idea y cuando se apartó para acercarse a una de las ventanas Max se sintió desorientado. No era normal para él llevar una mujer a su apartamento. Prefería alejar a las mujeres de su espacio privado porque no quería que se hicieran ilusiones.

Pero, por alguna extraña razón, le parecía como si Darcy hubiera estado allí antes. Necesitaba que aceptase, pero no podía ignorar el infierno que ardía en su interior mientras admiraba la voluptuosa silueta recortada contra el paisaje de Roma.

Y entonces ella se dio la vuelta, sin soltar el bolso.

—¿Por qué es tan importante para ti?

Max no respondió inmediatamente y Darcy tuvo un momento para intentar controlar sus emociones.

Mientras miraba por la ventana se había preguntado por qué la idea de casarse con Max le parecía tan peligrosa. Aparte, claro, de que era absurdo pedirle eso a nadie.

Después de todo, ella provenía de una familia rota, y si alguien tenía el cinismo necesario para embarcarse en un matrimonio de conveniencia, era ella. Sabía que Max no estaba exagerando; podría elegir el trabajo que quisiera si aceptaba casarse con él.

Pero no era tan tonta como para pensar que podría olvidar lo que había sentido al besarlo. Max había tocado algo en ella que nadie había tocado antes; algo que iba más allá de lo meramente físico hasta un lugar secreto que no había explorado nunca a solas y menos con otra persona.

Y luego estaba su increíble arrogancia al pensar que acataría sus órdenes. Como si fuera un rey, esperando que sus vasallos obedeciesen.

—¿Y bien? Si quieres que tome en consideración tan loca idea quiero saber por qué lo deseas tanto.

Él la miró un momento con el ceño fruncido y luego dio un paso adelante, metiendo las manos en los bolsillos del pantalón. Darcy no podía moverse porque estaba apoyada en la ventana.

–Tengo un hermano mellizo. Teníamos seis años cuando nuestros padres se separaron y nos separaron. Solo volví a ver a Luca en un par de ocasiones, cuando vino a Roma a ver a nuestra madre. Lo he visto con más frecuencia desde que nos hicimos adultos –le contó por fin, antes de exhalar un suspiro–. A él lo educaron para ser el heredero de mi padre y nunca se planteó que yo heredase una parte. Ese fue mi castigo por elegir a mi madre... aunque a nuestro padre le daba igual con qué hijo se quedase mientras tuviera un heredero al que pasarle su corrupto legado. Luca me ofreció la mitad de la herencia cuando él murió, pero yo no la quería –Max miró a Darcy entonces con gesto casi retador–. No quería caridad y sigo sin quererla. Además, para entonces ya había ganado mi primer millón. Quería triunfar por mis propios méritos, sobrepasar cualquier cosa que hubiera hecho mi padre y hacerlo solo. Es lo único que me ha empujado a seguir adelante durante todo este tiempo: saber que lo he hecho sin que nadie me diese nada.

Darcy se quedó en silencio, hipnotizada por la pasión que desprendía y por su innegable orgullo.

–Durante años me sentí sucio –siguió Max un segundo después–. Sucio por la falta de cariño de mi madre y por sus sórdidas aventuras. Así era como se ganaba la vida, poco mejor que las mujeres que se llaman a sí mismas lo que son: prostitutas.

Darcy hizo una mueca de desagrado.

–Max...

–Estaba en la calle una noche, buscando comida en los cubos de basura de un caro restaurante, cuando unos clientes salieron a fumar un cigarrillo. Eran chicos de mi clase en Boissy.

Darcy contuvo el aliento, imaginando la escena.

Como si hubiera intuido sus sospechas Max esbozó una sonrisa.

—No hubo sangre, no te preocupes. Me alejé, pero me habían reconocido y me dijeron que no esperaban nada mejor de mí. Había nacido en una de las familias más ricas de Sudamérica, pero gracias a mis padres, mi hermano y yo fuimos usados casi como un experimento para ver quién era capaz de prosperar. Uno de los dos lo recibió todo, al otro se lo quitaron todo —su rostro era sombrío bajo las suaves luces—. Por eso lo quiero, Darcy. Porque si Montgomery deja que me haga cargo de su patrimonio habré demostrado que incluso cuando te lo han quitado todo sigue siendo posible recuperar la dignidad y el respeto.

No tenía que decir nada más para que Darcy imaginase cómo esa letanía de humillaciones había creado al hombre orgulloso que tenía delante. Cecil Montgomery ocupaba un sitio casi mítico en el mundo de las finanzas, similar a la realeza, y ella sabía que lo que decía era cierto. Su apoyo haría que Max fuese intocable, reverenciado. Los chicos que lo habían acosado en el instituto y lo habían visto en sus peores momentos en las calles se verían obligados a respetarlo.

—Y no es solo por mí —siguió Max, interrumpiendo sus pensamientos—. Soy miembro de la organización filantrópica que ha creado mi hermano. Por fin, el legado corrupto de mi padre servirá para algo y pienso contribuir con mi parte. Por eso quiero esto, Darcy —añadió, haciendo después una pausa—. Todo el mundo tiene un precio. Yo te he dicho cuál es el mío, ahora dime cuál es el tuyo.

¿Por qué sonaba como un trato con el diablo?

Porque lo era, le dijo una vocecita.

Cuando despertó al día siguiente, Darcy se sentía extrañamente calmada. Como si la tormenta hubiera pasado y hubiera sido arrastrada hasta tierra firme, viva y respirando, aunque un poco magullada.

Max no había intentado detenerla cuando dijo: «tengo que pensarlo».

Era como si entendiese lo precarias que eran sus posibilidades. La había acompañado al coche y se había despedido diciendo: «piensa cuál es tu precio, Darcy».

Y eso era lo que había hecho.

Después de horas dando vueltas en la cama, se levantó para encender su Tablet y ver las propiedades que había marcado en su página web favorita. Era su secreto, uno de sus pasatiempos: marcar los pisos que compraría si tuviese dinero.

Su corazón se aceleraba cuando veía que su propiedad favorita seguía disponible. El precio era exorbitado porque los precios de los pisos en Londres se habían disparado. Pero sabía que para Max sería calderilla. ¿Era ese su precio, una casa propia? ¿La base que necesitaba tan desesperadamente? ¿La que tardaría años en conseguir en circunstancias normales?

Podía entender la determinación de Max de hacerlo todo sin ayuda. Ella podría pedir dinero a sus padres para comprar un piso y lo tendría al día siguiente, pero quería ser independiente.

Tenía ocho años cuando sus padres se divorciaron y había pasado de uno a otro como una muñeca de trapo, yendo de país en país con amables azafatas llevándola de la mano en los aeropuertos. En esos momentos había deseado fervientemente seguir teniendo un hogar, un sitio al que volver. Algo que no estuviera en constante cambio. Seguridad, estabilidad.

Cuando Max le reveló que solo tenía seis años cuando sus padres se divorciaron, su tonto corazón se había encogido. Y tenía un hermano mellizo. No podía imaginar lo doloroso que debió ser para él ser separado de su hermano y llevado al otro lado del mundo.

Suspirando, se levantó para ducharse y hacer café. Odiaba que el triste pasado de Max hiciese más difícil seguir viéndolo con un hombre implacable y cínico. Pero lo era, se dijo a sí misma. Nada había cambiado. Solo buscaba su propio beneficio, sin el menor rubor. Y, sin embargo, ¿cómo iba a culparlo? Había sido abandonado por su propia madre, olvidado por su padre, alejado de su hermano.

La cuestión era, ¿merecía que lo ayudase?

En ese momento recibió un mensaje. De Max.

¿Y?

Ella respondió:

¿Crees que podrías usar esa palabra en una frase completa?

Lo imaginaba arrugando el ceño. Pasaron unos minutos y...

Querida Darcy,
Por favor, ¿querrías casarte conmigo para que consiga el contrato con Montgomery y viva feliz para siempre?
Atentamente, Max

Darcy soltó una carcajada. El tipo era un canalla, desde luego. Enseguida entró un nuevo mensaje.

¿Y bien?

Fue ella quien frunció el ceño entonces.

Lo estoy pensando.
Piensa más rápido.

Darcy tiró el teléfono sobre el sofá. Pero entonces la fotografía del piso que tanto le gustaba llamó su atención. Si hacía aquello, el piso sería suyo. Sus sueños de tener un hogar estable se harían realidad...

«Todos tenemos un precio».

Volvió a tomar el teléfono y, respirando aire, escribió:

Si aceptase hacerlo, y aún no estoy segura, querría 345,000 libras.

Dejó escapar el aliento, sintiéndose como una mercenaria. Pero ese era el precio del piso que tanto le gustaba. Y daba igual que fuese una mercenaria. Eso no era nada en comparación con Max, que tenía el alma negra como el carbón.

Además, esta farsa de matrimonio solo durará el tiempo que tarde Montgomery en anunciar su decisión, y entonces me darás una fabulosa carta de recomendación que me abrirá las puertas de cualquier empresa.

Su corazón latía con violencia mientras esperaba la respuesta.

Lo que tú quieras, ya te lo dije. ¿Entonces es un sí?

Darcy pasó los dedos por la fotografía del piso. En unos meses estaría viviendo allí, con un nuevo trabajo, empezando de nuevo. Una existencia estable por primera vez desde que era niña. Y ningún Max Fonseca desestabilizando sus hormonas y su capacidad de pensar con claridad.

Le envió un mensaje antes de perder el valor:

Sí.

Casi inmediatamente recibió una respuesta:

Estupendo. Mi chófer irá a buscarte en una hora. Nos vamos a París.

El anillo. Darcy estuvo a punto de enviarle un mensaje diciendo que había cambiado de opinión, pero sus dedos se quedaron helados sobre el teléfono. Había tomado una decisión y no tenía sentido seguir dándole vueltas.

No sabía qué ponerse para hacer un viaje relámpago a París, pero al final se decidió por un vestido azul marino con escote barco. La ardiente mirada de Max cuando salió del portal casi le había hecho darse la vuelta para ponerse unos vaqueros y una camiseta. También él iba vestido de modo informal, con un taje azul oscuro y una camisa blanca, pero sin corbata.

–Vamos a juego. Curioso, ¿no? –bromeó mientras subía al coche.

Darcy había hecho una mueca.

–¿Puedes levantar el cristal, por favor?

Se sentía más turbada de lo que le gustaría admitir por aquel accesible y amable Max. Las líneas de separación se habían vuelto tan borrosas que parecían inexistentes y necesitaba establecer ciertas reglas.

–¿Reglas? –repitió él, pulsando el botón.

–Tenemos que hablar de ciertas formalidades.

–¿Qué formalidades?

–Este matrimonio son horas extra. Básicamente me pagas para que sea tu secretaria, así que sigue siendo trabajo. Y si no hubiera aceptado, te habría entregado mi carta de renuncia por lo que pasó la otra noche.

Max se echó hacia atrás, mirándola con gesto burlón.

–¿Qué pasó, Darcy?

Ella tragó saliva, sintiendo que le ardían las mejillas.

–Tú sabes muy bien qué pasó.

–Estuvimos a punto de hacer el amor sobre mi escritorio.

–Pero no lo hicimos –murmuró ella «Gracias a Dios»–. Recuperamos a tiempo el sentido común. Lo que intento decir es que ahora, embarcándonos en esta ridícula farsa...

–Por la que yo estoy dispuesto a recompensarte generosamente –señaló Max.

—Y por la que tú conseguirás un sitio entre los gigantes financieros del mundo –replicó Darcy, enfadada.

Max asintió con la cabeza.

—*Touché*.

—Lo que quiero decir es que este matrimonio será falso en todos los sentidos. Si quieres un revolcón, tendrás que llamar a alguna de tus amigas.

Max se cruzó de brazos y la observó durante unos segundos.

—Qué ironía. Siempre había jurado que jamás me casaría y, sin embargo, ahora estoy a punto de hacerlo.

—Por tu culpa –dijo ella.

—Es verdad, pero me encuentro con una esposa que no quiere acostarse conmigo. Jamás se me habría ocurrido pensar que tendría ese problema.

—Estoy segura de que puedes ser discreto –Darcy lo miró, preguntándose por qué aquella conversación la enfadaba tanto–. Pero deberías evitar los revolcones a tres bandas. Si se publicasen las fotos como la última vez, no creo que a Montgomery le hiciese gracia.

Max dejó escapar un suspiro de irritación.

—No es asunto tuyo, pero eso era un truco publicitario para una organización benéfica. Terminó en la prensa antes de que yo pudiera explicarlo, así que no se usó nunca. No pensarás que soy tan amoral, ¿verdad?

Darcy tuvo que morderse la lengua. Tenía un aspecto casi angelical, pero era un demonio. Y, por supuesto que era amoral, las fotos lo habían demostrado.

—Da igual, no me hagas quedar en ridículo.

—Lo mismo digo –replicó él.

—No te preocupes por eso. A mí no me cuesta nada controlar mi libido.

Max había murmurado algo que no entendió, algo como: «eso ya lo veremos» poco antes de que el coche se detuviera al pie del jet privado.

En ese momento estaba mirando por la ventanilla, no provocándola o mirándola con esos ojos hipnotizadores. Darcy recordaba lo que había dicho la noche anterior, y cómo había deseado ella salir del apartamento, alejarse antes de que viera en su expresión lo que no quería que viese: empatía, un traidor deseo de ayudarlo a conseguir lo que quería.

–No sabía que tu hermano y tú fuerais mellizos.

Max giró la cabeza lentamente para mirarla.

–No lo sabe casi nadie.

–He visto fotografías de su boda. ¿No sois idénticos?

Él negó con la cabeza.

–Yo soy más guapo que mi hermano –bromeó, como burlándose de sí mismo. Tal vez por esa cicatriz de la sien al mentón.

–Pero dijiste que ahora vuestra relación era mejor.

Él enarcó una ceja.

–¿Ah, sí?

–Anoche... dijiste que trabajabas con él.

Max apretó los labios.

–Por una buena causa, no porque nos sentemos por las noches para tomar café y recordar nuestra maravillosa infancia.

El avión empezó a descender en ese momento y Darcy aprovechó la oportunidad para admirar París en toda su gloria, con la distintiva torre Eiffel brillando a lo lejos.

Max no iba a contarle nada más sobre su vida. Seguramente, ya le había contado mucho más de lo que pretendía.

Y ella no sentía curiosidad. En absoluto.

Max observaba a Darcy inspeccionar las bandejas de anillos que el empleado había colocado sobre el mostrador, a punto de sonreír ante su abrumada expresión. Se mostraba sorprendida desde que entraron en el opulento edificio de estilo rococó que albergaba unas de las joyerías más antiguas del mundo. Devilliers era sinónimo de lujo, dinero y romance y proveía de joyas a las casas reales europeas, famosas estrellas de cine y Jefes de Estado.

Pero seguía intentando contener la irritación que provocaba la insistencia de Darcy de respetar los límites profesionales, casados o no. ¿Era ciega aquella mujer? Lo único que tenía que hacer era acercarse y saltaban chispas.

No podía apartar la mirada de sus pechos, apretados contra el mostrador de cristal. Y cuando notó que el empleado también la miraba lanzó sobre él una mirada tan fulminante que el hombre estuvo a punto de dejar caer un carísimo anillo.

Que le recordase que se habría ido si no fuese por aquel acuerdo lo enfadaba también. Él no estaba acostumbrado a perder el control de las situaciones. Había luchado mucho durante toda su vida para conseguir ese control.

Pero cuando Darcy lo miraba con esos ojazos azules lo único que quería era olvidarse de todo y dejarse llevar por el instinto. Y, sin embargo, ella tenía el valor de hacer un primoroso círculo a su alrededor, como diciendo: «no puedes traspasar esta línea».

No podía imaginar una mujer menos entusiasmada por estar allí.

–¿Qué ocurre?

Ella miró al empleado, que se había apartado discretamente para pulir un anillo.

–No sé cuál elegir, son todos carísimos. Vas a asegurarlo, ¿verdad? No me gustaría perderlo, especialmente cuando esto ni siquiera es real.

Otra mujer hubiera elegido el anillo más caro y más llamativo y él lo habría comprado sin pensar siquiera. Ese pensamiento lo disgustó.

–Darcy, piensas demasiado –murmuró, tomando su mano–. Elige un anillo, el que quieras. Lo aseguraré, ¿de acuerdo?

–Lo siento, seguramente estoy haciendo que esto sea muy aburrido para ti.

Un mechón de pelo había caído sobre su rostro y, sin pensar, Max levantó una mano para colocarlo detrás de su oreja. Y cuando ella lo miró, no pudo resistirse. Se inclinó hacia delante y besó la comisura de sus generosos labios.

Los ojos azules se oscurecieron de inmediato.

–Te he dicho...

Max apretó su mano.

–Estamos comprando un anillo de compromiso, *cara mia*, y la gente está mirando.

Ella inclinó la cabeza, susurrando:

–Muy bien, pero solo cuando estemos en público.

Max no dijo nada, pero juró en ese momento asegurarse de que estuvieran en público todo el tiempo posible.

Darcy miraba el anillo que llevaba en el dedo desde diferentes ángulos mientras él pagaba la factura. No quería pensar que elegir el anillo había despertado todo tipo de complejas emociones. De niña, le encantaba mirar los pendientes y pulseras en el joyero de su madre, pero el anillo de compromiso era su favorito, con nueve *baguettes* de diamantes rodeadas de zafiros sobre una banda de oro blanco.

Darcy solía ponérselo, imaginándose a sí misma casándose con un atractivo príncipe...

Pero un día desapareció y cuando le preguntó a su madre dónde estaba ella respondió secamente que lo había vendido. Ese había sido el principio del fin de los cuentos de hadas. El matrimonio de sus padres se había deshecho entre años de peleas y amargas recriminaciones.

El anillo que había elegido en Devilliers era demasiado parecido al que hubiese elegido si el matrimonio fuese de verdad, pero no había sido capaz de resistirse a la tentación; un diablillo la había animado a elegir un diamante de corte rectangular rodeado por varios diamantes más pequeños montado en una banda de platino. Era discreto comparado con otros, pero en aquel momento le parecía insoportablemente pesado.

–¿Nos vamos?

Darcy se puso colorada al pensar que la había observado mientras inspeccionaba el anillo.

–Sí, claro.

Mientras se dirigían a la puerta, no pudo dejar de fijarse en una joven pareja. La joven estaba llorando mientras su novio le enseñaba un anillo...

–Esto no va a convencer a nadie –dijo Max entonces.

–¿Qué....? –fue lo único que Darcy pudo decir antes de que tomase su cara entre las manos para buscar sus labios.

Tuvo que agarrarse a la pechera de su camisa para permanecer de pie. Era un beso apasionado y Darcy pensó que seguramente Max no podría dar un beso casto aunque le fuese la vida en ello. Era como un pirata que tomaba lo que quería, sin miramientos. Y el ardiente roce de su lengua hizo que deseara apretar los pechos contra su duro torso.

Unos segundos después, Max se apartó y dijo con tono satisfecho:

–Así está mucho mejor.

Darcy no podía pensar mientras tomaba su mano

para salir de la joyería, pero en cuanto atravesaron la puerta giratoria se vio cegada por docenas de destellos.

–¡Max, aquí, Max!
–¿Quién es la afortunada?
–¿Cómo se llama?

El aluvión de preguntas era ensordecedor y terrorífico. Max la tomó por la cintura y apretó su mano mientras respondía con un tono tan imperioso que disolvió la cacofonía de gritos:

–Haremos un comunicado el lunes. Hasta entonces, por favor permítannos cierta privacidad.

–¡Enséñanos el anillo!

Pero el coche de Max apareció entonces y él la ayudó a subir, cerrando la puerta y dejando fuera a los paparazzi mientras el coche se alejaba por las calles de París.

Darcy oyó que murmuraba una palabrota mientras ponía algo en su mano.

–Bebe un sorbo, Darcy. Te has asustado. *Maledizione*, debería haberlo pensado... nunca te habías enfrentado con los paparazzi.

Puso el vaso sobre sus labios, obligándola a beber, y ella tosió cuando el licor quemó su garganta. Estaba temblando.

–¿Cómo han sabido que estábamos aquí?

Él tuvo el detalle de poner cara de arrepentimiento.

–Mi Relaciones Públicas se encargó de «dejarlo caer».

Ah, claro. Debería haberlo imaginado. Darcy no quería que supiera que se sentía traicionada. Era una estupidez pensar que los paparazzi habían invadido un momento privado porque no había sido eso sino una mentira fabricada.

–Espero que Montgomery lo vea o habrán desperdiciado la tarde cuando podrían haber estado persiguiendo a alguien más interesante.

–Lo siento. Debería haberte advertido.

Darcy fingió una despreocupación que no sentía.

–No te preocupes, al menos parecerá auténtico.

–Sí, claro. Por cierto, esta noche tenemos una cena benéfica en Roma. Será nuestro primer evento oficial como pareja.

–¿Esta noche?

–Es una cena benéfica –repitió Max mirando su reloj–. Cuando volvamos a Roma te estará esperando una estilista. Te ha comprado un vestuario nuevo y un vestido de novia.

Darcy apretó los puños. No se había dado cuenta de que estaban a las afueras de París, en dirección al aeropuerto.

–Puede que tenga otros planes para esta noche.

Max la miró con un brillo posesivo en los ojos dorados.

–Por ahora, tus planes tienen que ser mis planes. Y he estado pensando... sería mejor que te mudases a mi apartamento. Deberías llevar algunas cosas, las que necesites inmediatamente. Iremos a buscar el resto la semana que viene.

Darcy ni siquiera se molestó en abrir la boca, sabiendo que resistirse sería inútil. En veinticuatro horas su vida se había puesto patas arriba y lo peor de todo era que ella había aceptado que así fuera.

Capítulo 5

MAX miró su reloj de nuevo. ¿Dónde estaba Darcy? Su intención había sido ir a buscarla, pero una teleconferencia con Nueva York lo había retrasado y tuvo que cambiarse de ropa en el despacho.

Le envió un mensaje para decírselo y recibió una seca respuesta: «Bien, nos vemos en el hotel».

Max esbozó una sonrisa. No podía imaginar a muchas mujeres enviándole un mensaje así, pero la sonrisa desapareció al recordar esa mañana, en París, cuando se encontraron con los paparazzi.

Aún recordaba el susto que Darcy se había llevado y cómo se había apoyado en él instintivamente. Se había sentido como un canalla. Él estaba acostumbrado a mujeres que buscaban atención, posando, sonriendo... en cambio, Darcy estaba asustada, temblando.

Entonces la vio en la puerta del salón, mirándolo. Con el pelo recogido en un moño, un vestido asimétrico de seda negra que dejaba un hombro al descubierto y abrazaba su cuerpo como un amante.

¿Cómo había podido pensar que era una mujer discreta y poco llamativa? Era fabulosa, pensó, intentando contener el incendio que se había desatado en su interior.

Podía ver el anillo desde allí, como un brillante destello de hielo blanco, y tuvo que hacer un esfuerzo para controlarse. Como había tenido que controlar el sentimiento protector y posesivo que había sentido en la puerta de la joyería. No era nada. Era la anticipación del triunfo por el trato con Montgomery, que por fin lo apartaría del recuerdo de las calles de Roma, cuando sus propios compañeros lo habían visto andrajoso y salvaje. Reducido a nada.

Sus ojos se encontraron y Max dio un paso adelante.

Darcy lo vio en cuanto entró en el hotel, por supuesto. Llamaba la atención por su estatura y por lo atractivo que estaba con el esmoquin. Había hecho un esfuerzo para atusarse el pelo, que llevaba apartado de la frente, pero algo más largo que el resto de los hombres, e iba bien afeitado. Era casi imposible apartar los ojos de él.

En realidad, se había alegrado de no verlo durante el resto del día, especialmente sabiendo que iba a mudarse a su apartamento esa noche. No estaba preparada para eso.

Max se abría paso entre la gente, dirigiéndose hacia ella y, maldito fuera, la dejó sin aliento.

Cuando llegó a su lado, la miró un momento en silencio antes de inclinar la cabeza para buscar sus labios con esa boca perfectamente sensual.

Aunque sabía que solo lo hacía de cara a la galería, Darcy querría protestar. Pero cada vez que la besaba perdía un pedazo de su armadura.

No había nada más que los firmes contornos de sus labios moviéndose sobre los suyos y una oleada de calor que se extendía por todo su cuerpo desde el latido entre sus piernas.

Cuando se apartó, estaba mareada, ardiendo. No habían sido más que unos segundos, un simple beso en los labios. Pero era como si la hubiera envuelto en un capullo, alejándola del resto del mundo. Como le había pasado en París.

–Estás muy guapa –dijo Max.

—No hace falta que digas eso.
—No es una frase hecha. Lo digo en serio, estás preciosa.
—Yo... —Darcy no podía hablar. Los hombres no solían hacerle ese tipo de cumplido. Sabía que no era una mujer bella, pero en ese momento se sentía así. Claro que el vestido que había elegido la estilista ayudaba mucho.

Max tomó su mano para llevarla entre la gente, deteniéndose para ofrecerle una copa de champán. Darcy lo probó, notando las miradas de los invitados.

Odiaba estar bajo el escrutinio público y el grupo de VIPs que se había reunido en el salón del lujoso hotel de Roma era aterrador. Acababa de ver a un príncipe europeo y a un expresidente estadounidense charlando en una esquina.

Intentando disimular su nerviosismo, preguntó:
—¿A qué organización se dedica esta cena?
—Numerosas organizaciones, entre ellas la que dirijo con mi hermano.

En ese momento sonó un gong y la gente empezó a dirigirse al salón donde tendría lugar la cena.

Max le explicó, con tono mordaz:
—Ahora hay que quitarse de encima la subasta y el *postureo* para poder dedicarnos a lo verdaderamente importante.
—¿Quieres decir los tejemanejes, el intercambio de información? ¿Esa es la razón por la que toda esta gente está aquí?

Él la miró haciendo un gesto de aprobación.
—Al final, acabaré convirtiéndote en una cínica.

Darcy hizo una mueca. No necesitaba que Max la convirtiese en una cínica, sus padres ya habían hecho un buen trabajo. Por no hablar de su falso compromiso.
—Le dijiste a Montgomery que nos casaríamos en dos semanas.

—Y así será. He pedido una licencia especial.

Darcy sintió como si estuviera ahogándose.

—¿Era necesario ir tan lejos?

—Solo es un pedazo de papel. Ninguno de los dos cree de verdad en el matrimonio, ¿no?

Ella siempre había jurado evitar tal compromiso, pero sabía que, en su fuero interno, seguía albergando el deseo de encontrar el amor. Comprar el anillo había hecho eso. Y lamentaba que esa debilidad empezase a hacerse evidente allí, frente a la mirada de Max, de modo que se obligó a sí misma a sonreír.

—No, claro que no. Con nuestros pasados sería absurdo esperar otra cosa —respondió.

Y debía recordarlo, especialmente cuando los besos de Max hacían que perdiese la cabeza.

Para no pensar en ello, se dedicó a admirar su opulento entorno. Aunque sus padres eran personas acomodadas, salvo ese problema pasajero durante la recesión, ella nunca se había movido en esos círculos salvo durante sus años en Boissy. Hizo una mueca al recordarlo, preguntándose si alguno de sus antiguos compañeros de colegio estarían allí. Seguramente porque aquel era su territorio. Muchos de sus compañeros pertenecían a las familias más prominentes de Europa.

La subasta empezó y Darcy se quedó asombrada. Las cantidades que mencionaban llegaban hasta varios millones y, después de una puja en particular, dejó escapar una exclamación.

—¿De verdad alguien acaba de comprar una isla?

—¿Te parece mal? —respondió Max, enarcando las cejas.

—No te rías de mí, nunca había estado en una subasta benéfica.

Él tomó su mano para llevársela a los labios. Con el

corazón acelerado, Darcy intentó apartarla, pero él no se lo permitió.

—Tenemos que establecer ciertas reglas sobre las muestras públicas de afecto —le dijo, acalorada—. No pensé que fueras aficionado.

Max hizo una mueca. Normalmente no lo era en absoluto. Odiaba que sus amantes intentasen hacer ver que eran novios, pero el tira y afloja de Darcy le resultaba irresistible.

—Te gustan muchos las reglas y los límites, ¿no? —preguntó sin soltar su mano, fascinado al ver cómo se ruborizaba.

Ella apartó la mirada.

—Son necesarios, especialmente cuando intentas portarte de forma profesional.

Max rio. Le divertía estar con ella. Hacía mucho tiempo que no veía a nadie interesado en una subasta benéfica.

—Creo que tú sabes que nos hemos saltado las barreras profesionales hace tiempo.

—¿Tengo que recordarte que si no fuera por este loco matrimonio ya me habría ido?

Max tragó saliva. Quería irse por lo que había pasado en su despacho, pero él habría hecho todo lo posible para convencerla de que se quedase. Darcy había provocado un incendio esa noche y una insidiosa sospecha empezó a echar raíces en su cerebro. ¿Había querido conservarla a su lado a cualquier precio? ¿Por eso se le había ocurrido la idea de casarse con ella?

Asustado, soltó su mano.

—Tienes razón. Será mejor no exagerar... nadie nos creería.

Darcy se sintió tontamente herida. Por supuesto que nadie los creería. ¿Por qué alguien como Max Fonseca querría casarse con alguien como ella?

Cuando se levantó, él la miró con gesto compungido.

–Darcy, espera. No quería decir...

Pero ella escapó, murmurando que iba al lavabo.

Todo el mundo se había puesto de pie para volver al salón principal, donde una famosa orquesta estaba a punto de tocar. Darcy suspiró cuando entró en el lavabo, afortunadamente desierto, y se miró al espejo.

A pesar de las crueles palabras de Max, sus ojos brillaban como enfebrecidos. ¿Solo porque había besado su mano? Patético.

Abrió el grifo de agua fría y se mojó las muñecas, como si eso pudiera enfriar el ardor en su sangre. Maldito fuera. No debería tener poder para hacerle daño.

Oyó ruido de voces fuera y se secó las manos rápidamente. Estaba a punto de salir cuando entró un grupo de mujeres, envueltas en una ola de caro perfume. Iban charlando, pero al verla su conversación cesó abruptamente. Estaba claro que hablaban de ella.

Cuando iba a entrar de nuevo en el salón de baile vio a Max frente a la puerta, con las manos en los bolsillos del pantalón.

Tenía un aspecto magnífico. Odioso. Orgulloso. Pero también diferente, como un lobo solitario. Perfecto. Un hombre como él no merecía tener amigos. Aunque pensar eso hizo que se sintiera fatal.

–¿Estás bien?

Darcy se sentía como una tonta por haber salido corriendo.

–Sí, estoy bien. Solo tenía que ir al lavabo un momento.

Seguramente sus amantes no tenían las mismas necesidades biológicas que el resto de los mortales. Y si las tenían, no las mencionarían.

Max la tomó del brazo.

–Ya podemos irnos.

De repente, la idea de volver al apartamento con él le resultaba insoportable. Estaba enfadada con él y consigo misma por dejar que la hiriese tan fácilmente.

—No, en realidad no quiero irme todavía —se oyó decir a sí misma.

Él la miró, sorprendido. Evidentemente, no estaba acostumbrado a que nadie le dijese que no.

Darcy aprovechó un momento inspirado de la orquesta para decir:

—Me gusta esta canción. Quiero bailar.

Max la miró, horrorizado.

—¿Bailar?

Al parecer, él nunca hacía algo tan prosaico.

Darcy arqueó una ceja, disfrutando al picarle un poco.

—Sí, bailar. Ya sabes, una actividad recreativa inventada para que la gente se toque en público sin provocar un escándalo.

Él dio un paso adelante y la tomó por la cintura.

—Si eso es lo que quieres, se me ocurren otras actividades más satisfactorias, *dolcezza*.

Darcy se quedó sin aliento. Debería haber sabido que no era buena idea tomarle el pelo.

—Un baile, Max. Solo quiero eso.

Él levantó su barbilla con un dedo, como si fuera un novio enamorado. Y ella maldijo en silencio. Había caído en su propia trampa.

—Muy bien, vamos a bailar.

Max tomó su mano con una firmeza que demostraba su enfado, y la llevó a la pista de baile cuando la orquesta empezaba a tocar una canción lenta. Y Darcy se regañó a sí misma por abrir la boca.

Cuando la tomó por la cintura, ella tuvo que poner los brazos alrededor de su cuello.

—Perdona. No sabía que quisieras darle una pátina de autenticidad a nuestra farsa.

Darcy soltó un bufido cuando deslizó una mano hasta sus nalgas... y las apretó en un gesto juguetón. Pero después rozó su nuca con un dedo y murmuró con tono autoritario:

—Mírame.

Darcy abrió los ojos con desgana, disfrutando del cuerpo duro apretado contra ella.

—¿Qué?

—Creo que antes me has malinterpretado. Quería decir que nadie lo creería porque no suelo mostrar afecto en público por ninguna de mis amantes.

Darcy odiaba que se hubiera dado cuenta, pero se encogió de hombros.

—No pasa nada, no tienes que darme explicaciones.

Aun así, el dolor se disipó como una traidora neblina.

—El problema es —siguió Max— que no puedo dejar de tocarte.

Ella levantó la mirada y, de repente, dejaron de moverse. Max apretó su espalda, acercándose un poco más, haciéndole notar el empuje de su erección mientras la miraba con expresión intensa.

—Esto no es normal para mí.

Darcy apenas se acordaba de dónde estaban.

—¿Crees que es normal para mí?

Max acarició su espalda, aumentando la tensión y el pánico al pensar que debían volver a su apartamento.

—Max, esto no es... no podemos hacer esto. Tenemos que ser... se-serios y... profesionales.

Genial. Estaba tartamudeando. Lo único que sabía era que si Max la seducía no podría seguir manteniéndolo a distancia. Y ya había entrado en su vida como una bola de demolición.

Él arqueó una ceja en un gesto burlón.

—Tú sabes lo que pienso de la profesionalidad. Está sobrestimada.

Cuando inclinó la cabeza para besarla ardientemente Darcy supo que estaba en lo cierto al temer aquello. Porque podía sentir sus células disolviéndose, mezclándose con las de él. Estaba perdiéndose a sí misma.

Intentó apartarse haciendo un esfuerzo.

–No, por favor.

La orquesta empezó a tocar una canción más rápida y Max y ella estaban inmóviles en la pista de baile. Cuando tomó su mano para abrirse paso entre la gente, sus piernas eran como de gelatina.

Una vez fuera de la pista, Max se detuvo y pasó una mano por su pelo con expresión angustiada.

–Mira, Darcy...

Pero, de repente, algo tras ella llamó su atención y masculló una palabrota.

Darcy se volvió para mirar a una mujer bellísima en una esquina del salón. Llevaba un vestido negro muy ajustado que se pegaba a su espectacular figura, el pelo oscuro sujeto sobre la cabeza para destacar los altos pómulos. Y las joyas que llevaba en las orejas y el cuello brillaban como diamantes.

Se le encogió el estómago al pensar que podría ser la examante de Max cuyas fotos había visto en las revistas, pero él tiró de su mano antes de que pudiese decir nada. Mientras se acercaban podía ver que la mujer era mayor de lo que había imaginado, aunque se conservaba de maravilla.

Estaba discutiendo con un hombre alto y apuesto. Tenía una copa de champán en la mano y gesticulaba de tal modo que parte del líquido se derramó sobre la alfombra.

El hombre miró a Max con evidente alivio.

–Ya me he cansado. Quédate con ella, Roselli.

La mujer se volvió y Darcy se dio cuenta, atónita, de que sus ojos eran del mismo color que los de Max.

–*Mamma*.

Su madre empezó a hablar a toda velocidad, claramente furiosa. No parecía enfocar bien y tenía unas gotas de sudor en la frente. Sus pupilas eran dos puntos diminutos.

Era sorprendente encontrarse cara a cara con la madre de Max en esa situación y el corazón de Darcy se encogió al pensar que seguramente solo le había contado la mitad de las cosas que había vivido.

Cuando el otro hombre se alejó, la madre de Max hizo ademán de ir tras él, pero su hijo la tomó del brazo y le quitó la copa de la mano. Darcy se dio cuenta de que había mucha gente observando la escena y sintió pena por Max, por los dos.

–Voy a llevarla a casa –le dijo–. Si esperas aquí, le diré a mi chófer que venga a buscarte.

Darcy estaba a punto de asentir, pero entonces se le ocurrió algo.

–¿No debería ir contigo? Sería un poco raro que me quedase.

Max lo pensó un momento. Seguramente no querría que presenciase la escena, pero pareció darse cuenta de que tenía razón.

–Muy bien, vámonos.

El coche estaba esperándolos en la puerta y él se sentó atrás con su madre, que no dejaba de gritar y protestar. Darcy se sentó al lado del conductor, nerviosa. Max, que parecía acostumbrado a esas escenas, estaba hablando por teléfono.

Cuando el coche se detuvo frente a un elegante edificio de apartamentos en una zona residencial, un hombre con traje de chaqueta, al que Max presentó como el doctor Marconi, estaba esperando. Una vez dentro del palaciego apartamento, Max, el doctor y su madre desaparecieron en una de las habitaciones y cerraron firmemente la puerta tras ellos.

Darcy se quedó en el vestíbulo, sintiéndose fuera de lugar. La madre de Max gritaba y lloraba mientras Max intentaba calmarla.

Los gritos cesaron unos minutos después.

Después de un rato, él salió de la habitación y Darcy se levantó de la elegante silla dorada en la que se había sentado.

–¿Cómo está?

El pelo de Max estaba más alborotado que de costumbre, como si se hubiera pasado las manos por él varias veces, y la corbata de lazo caía sobre la pechera de la camisa. Tenía un aspecto desencajado.

–Siento que hayas tenido que presenciar esa escena. Te habría presentado, pero como puedes imaginar ella no iba a responder de forma coherente.

–¿Has tenido que pasar por esto otras veces?

Max sonrió, pero la sonrisa no llegaba a sus ojos.

–Digamos que sí. Es alcohólica y adicta a las drogas. El hombre que estaba con ella en la fiesta es su último proveedor, pero hasta él se ha cansado de soportarla. Así que ahora tendrá que ingresar en una carísima clínica de desintoxicación que parece más un hotel de cinco estrellas que un centro médico y dentro de un mes, cuando se haya desintoxicado, renacerá de sus cenizas como el ave fénix y todo empezará de nuevo.

El otro hombre salió de la habitación y habló con Max en voz baja antes de despedirse.

–Deberías irte, el conductor está abajo –dijo él después–. Yo voy a esperar a la enfermera. Nos veremos por la mañana.

Darcy dio un paso hacia la puerta.

–Siento lo de tu madre. Si puedo hacer algo...

–Gracias, pero no es tu problema –la interrumpió Max–. Yo me encargo de ella.

Darcy pensó que si su compromiso fuese real también sería su problema. Se preguntó si un hombre como Max aprendería a apoyarse en alguien y sintió un deseo casi abrumador de acercarse y ofrecerle... ¿qué?

Se alejó a toda velocidad para que no viese las emociones en su rostro.

En el coche, de camino a su apartamento, se hizo una idea de lo terrible que debía haber sido para él cuando se fue de Brasil con su madre. Que hubiese terminado en la calle ya no era tan difícil de creer y la compasión que sentía por él era como una garra en su pecho.

Unas horas después, Max estaba sentado en el oscuro salón de su apartamento, disfrutando de la quemazón del whisky en su garganta. Por fin estaba empezando a relajarse. Había dejado a su madre durmiendo, con una enfermera atendiéndola.

Cuando vio a Elisabetta Roselli en el hotel se le había encogido el estómago, como siempre. Era un acto reflejo después de años soportando sus problemas. Y aunque era adulto y ella ya no podía perturbar su vida como lo había hecho de niño, su primera reacción había sido de intenso miedo y ansiedad. Y eso lo sacaba de quicio.

Y Darcy... aún podía ver su cara de preocupación. Que hubiera visto a su madre en ese estado tocaba un sitio escondido que no deseaba explorar.

Su hermano no había tenido que sufrir los caprichos de su madre. Él estaba acostumbrado, pero, por un momento, cuando Darcy lo miró en el pasillo, había querido abrazarla, buscar su calor, su consuelo.

Un ruido hizo que levantase la cabeza. Darcy estaba en la puerta en el salón, como si la hubiera conjurado al pensar en ella. Llevaba un pantalón de pijama ancho y una camiseta sin mangas que destacaba sus pechos y su diminuta cintura, el pelo suelto cayendo sobre los hombros.

–Perdona, he oído un ruido. ¿Tu madre... está bien?

Max apenas la escuchaba. Estaba consumido al ver sus pechos, recordando lo que había sentido mientras la tenía entre sus brazos en la pista de baile.

Maldita fuera. No quería desearla. Especialmente sintiéndose tan descarnado después del incidente con su madre. Pero incluso desde el otro lado de la habitación sus ojos azules parecían ver dentro de él, en su alma. En su zona más oscura.

Algo se encogió en su interior y deseó apartarla, evitar que lo mirase.

–¿Ya te estás metiendo en el papel de mi esposa, Darcy? Ten cuidado, podría creer que estoy empezando a gustarte. Imagino que tener una madre drogadicta tenía que granjearme cierta simpatía...

Capítulo 6

INCLUSO en la penumbra, Max se dio cuenta de que los ojos de Darcy echaban chispas, pero no tuvo tiempo de lamentar sus palabras.

—Sé que eres un canalla despiadado, pero no sabía que fueses innecesariamente cruel. Si es así como quieres jugar, entonces puedes buscarte otra esposa de conveniencia.

Se dio la vuelta y estaba a punto de desaparecer cuando Max, sintiendo el sabor amargo del remordimiento, fue tras ella y la tomó del brazo.

—Espera, lo siento.

Descalza era tan pequeña... le recordaba cómo había encajado con él en la pista de baile, haciéndole sentir un extraño deseo de protegerla. Ella lo miraba con expresión dolida y se maldijo a sí mismo en silencio.

—Lo siento —repitió, sabiendo que nunca le había dicho eso a nadie.

—Deberías sentirlo —murmuró Darcy.

—No merecías eso.

—No, claro que no.

Y entonces, como si fuera lo más natural del mundo, y también lo más urgente, Max pasó un dedo por sus labios. El aire estaba tan cargado que casi esperó que saltasen chispas. Podía ver que sus pechos subían y bajaban rápidamente y estaba tan duro que le dolía.

Inclinó la cabeza para buscar sus labios y ella siguió inmóvil como una estatua durante unos segundos, como decidida a resistirse. Pero luego, dejando escapar un suspiro, abrió los labios y la sangre de Max rugió en su cabeza.

Deslizó las manos por la fina tela de la camiseta hasta la estrecha cintura, disfrutando de los contornos de su cuerpo. Darcy despertaba algo primitivo en él, algo que ninguna otra mujer había despertado nunca.

Sus lenguas se encontraron en un duelo erótico que despertó una furiosa erección y Max dejó escapar un gemido ronco.

Darcy sabía al más dulce néctar de la tierra, pero su pequeña lengua afilada le recordaba que tenía muchas aristas. Eso solo sirvió para encender aún más su sangre. Era suave, dulce, maleable... y estaba derritiéndose sobre su torso como en su fantasía más erótica.

Max se aprovechó sin piedad, apretando su cintura para atraerla hacia él, haciendo que la dolorosa erección se encontrase con el suave cuerpo femenino mientras metía las manos bajo la camiseta para deslizarla por su espalda. Su piel era tan sedosa.

Un deseo que no había experimentado nunca lo tenía entre sus garras. No podía pensar, solo podía obedecerlo, dejarse llevar.

Darcy apenas se daba cuenta, pero una vocecita le gritaba que parase. Un momento antes estaba furiosa y dolida con Max, pero eso ya daba igual. Estaba entre sus brazos y su mundo estaba hecho de calor y glorioso deseo.

Cada centímetro de su cuerpo gozaba de esa virilidad, de las fuertes manos que acariciaban su espalda y se deslizaban hasta sus pechos. Cuando se apartó, Darcy tomó el necesario oxígeno, pero en lugar de llegar a su cerebro solo servía para estimular su ansia.

Max besaba su barbilla y esa zona tan sensible del cuello, bajo la oreja. El almizclado aroma del sexo se mezclaba con algo muy femenino. Su deseo. «Ay, Dios». Era tan débil, pero ya no le importaba.

Cuando tomó su mano para llevarla al sofá, ella lo siguió sin la menor vacilación. Max la colocó sobre él, con las rodillas a cada lado de sus muslos, la erección una dura cumbre entre sus piernas.

Una parte vital de su cerebro había abdicado de toda responsabilidad y le parecía peligrosamente liberador. La mirada oscura de Max la mareaba mientras empezaba a desabrochar los botones de su camisa para explorar el ancho torso.

—*Dio*, te deseo tanto —dijo él con voz ronca.

Darcy no podía hablar, de modo que inclinó la cabeza y volvió a besarlo mientras él tiraba de la camiseta para desnudar sus pechos, mirándola con ojos enfebrecidos.

—*Sí, bella...*

Acarició un pecho con la mano, apretando la firme carne, y Darcy se mordió los labios, disfrutando de la exquisita sensación. Y luego, cuando se inclinó hacia delante para tomar un duro pezón entre los labios, chupándolo con fuerza antes de soltarlo para hacer lo mismo con el otro, dejó escapar un grito de placer.

Ni siquiera sabía que sus caderas hacían movimientos circulares sobre el regazo de Max, intentando calmar la creciente impaciencia rozándose contra su erección. Solo se dio cuenta cuando él bajo las manos para empujar sus nalgas hacia delante. El erguido miembro la tocaba íntimamente a través de la ropa, haciéndola temblar por todas partes.

Experimentó una oleada de increíble ternura al ver la cicatriz y, sin pensar, pasó los dedos por la superficie dentada. Luego se inclinó para besarla y, al hacerlo, la oleada de ternura por fin despertó algún defectuoso mecanismo de autodefensa que la dejó inmóvil.

¿Qué demonios estaba haciendo?

Max había sido un canalla y, sin embargo, después de una breve disculpa y un ardiente beso estaba retorciéndose en su regazo, a punto de dejar que la emoción del momento la hiciese perder la cabeza. Con un hombre que la veía solo como un medio para llegar a un fin.

Había fotografías de ellos en París, en la puerta de la joyería, colgadas en internet. Ella parecía un conejillo asustado, tan pequeña y rechoncha al lado del alto y fibroso Max. Era humillante.

Darcy se apartó tan rápido que estuvo a punto de trastabillar, tirando de la camiseta para cubrir sus pechos desnudos.

Max se echó hacia delante, con la camisa abierta, deliciosamente despeinado.

—¿Qué pasa?

—Esto es un error —respondió ella con voz temblorosa.

Max, frustrado como nunca, apenas podía centrar la mirada. Había estado a punto de liberar su erección, rasgar la ropa de Darcy y enterrarse en ella tan profundamente que le hiciese ver las estrellas.

Le molestaba que hubiese recuperado el control antes que él, que hubiera sido capaz de apartarse. Y la angustia que había sentido antes volvió. Se sentía expuesto, vulnerable.

Se levantó como pudo, su cuerpo aun exigiendo alivio. Pero maldita fuera si iba a admitirlo ante ella.

—No juego a nada y no creo en los errores sino en las decisiones. Y tú tienes que ser sincera contigo misma y tomar una decisión.

Darcy lo miró en silencio durante unos segundos y Max tuvo que hacer un esfuerzo para no perder el control. Pero entonces ella dio un paso atrás y dijo en voz baja:

—Tienes razón. Lo siento, no volverá a pasar.

Max apretó el mentón, frustrado. Esa no era la respuesta que había esperado. Cuando iba a alejarse, la tomó del brazo para mirarla a los ojos.

–Maldita sea, Darcy. Los dos queremos esto.

–No, eso no es verdad –replicó ella.

Después soltó su mano y se dirigió rápidamente a su habitación.

Dos semanas después

–Espero que no me hayas sentado cerca de tu padre. En serio, si aparece con su última novia...

–Madre, por favor –Darcy intentó disimular su irritación–. No estarás cerca de papá sino al otro lado de la mesa. Y en el Juzgado también.

Su madre, tan bajita como ella, pero increíblemente delgada, sorbió por la nariz.

–Bueno, me alegro.

Darcy suspiró. Max y ella habían acordado que sería mejor invitar a sus familiares, que podrían hacer de testigos. Sus padres eran tan desastrosos el uno como el otro, pero de diferente forma. Su apasionada madre italiana vivía en una constante búsqueda de seguridad con hombres cada vez más jóvenes y ricos, y una larga lista de buscavidas rompía el corazón de Tom Lennox, un romántico empedernido, de forma habitual.

Darcy intentó sonreír para evitar más preguntas.

Decir que las últimas dos semanas habían sido tensas era decir poco. Por suerte, el trabajo la había mantenido ocupada, pero la tensión entre Max y ella había llegado a un punto límite. Aunque apenas se veían en el apartamento porque él trabajaba hasta muy tarde y se levantaba temprano. Y ella, por supuesto, no había vuelto a arriesgarse a salir de la habitación.

Incluso en ese momento ardía de rabia al pensar en la preocupación que había sentido por él esa noche, al verlo mirando su copa con expresión seria, tan solitario y vulnerable...

¡Ja! Aquel hombre era tan vulnerable como el acero reforzado.

Había pasado los últimos días en Londres, supuestamente para verse con Montgomery, pero estaba segura de que lo había hecho para alejarse de ella, y odiaba que eso le doliese.

Desde esa noche en el apartamento se había mostrado distante y la culpa era suya. Había sido ella quien salió corriendo porque temía lo que pudiera pasar si se acostaba con él.

Sin duda Max estaba acostumbrado a mujeres que sabían lo que querían... a él, sin escrúpulos, sin preguntas. Tal vez había visto a alguna de esas mujeres en Londres, discretamente.

Su madre tiró del bajo del vestido.

—En serio, Darcy, ¿no podías haber comprado un vestido largo? Esta seguramente va a ser tu única boda y este vestido es más para un cóctel.

—Cuento con ello. Y es una boda civil, madre. El vestido es perfecto.

Su madre se irguió para colocar la peineta de madreperla que sujetaba el corto velo.

—Bueno, supongo que es un vestido apropiado para eso —admitió a regañadientes.

Darcy se miró al espejo con ojo crítico, sintiéndose ligeramente mareada al pensar que iba a casarse con Max Fonseca Roselli. El vestido tubo era de satén color marfil y llegaba justo por la rodilla. Era un diseño sencillo, pero recubierto de exquisito encaje, de manga larga y escote cerrado.

«Estoy bien», se dijo a sí misma, odiando a la niña

que aún seguía anhelando algo largo y vaporoso... romántico.

Con intención de evitar más preguntas, le dijo:
—Tú estás muy guapa.
—Gracias.

Su madre se atusó coquetamente el pelo, como había esperado. Pero estaba guapísima con el vestido rosa y un exótico adorno sobre el espeso pelo oscuro.

—Y tú también has traído compañía, mamá —le recordó.

Viola Bianci fulminó a su hija con la mirada.

—Javier y yo estamos enamorados.

Darcy enarcó una ceja. El bronceado seductor español parecía enamorado de sí mismo, pero por la razón que fuera no se había separado de su madre en varios meses, de modo que lo dejaría estar.

Viola se puso frente a ella para colocar el velo, mirándola fijamente.

—*Carina*... ¿estás segura de que esto es lo que quieres? —le preguntó su madre, que pareció abatida por un momento—. Quiero decir, después de que tu padre y yo... de nuestra ruptura, siempre tuve la impresión de que no querías casarte.

Intentando desviar cualquier preocupación, Darcy puso una mano en el brazo de su madre y respondió con una expresión que esperaba fuese convincente:

—No te preocupes. Sé lo que hago.

Y así era, se dijo a sí misma.

—¿Pero estás enamorada de él? Puede que creas que no me fijo en las cosas, pero te conozco y sé que tú nunca aceptarías algo que no fuese un compromiso de por vida... sea a través del matrimonio o no.

Darcy se quedó de piedra. ¿Desde cuándo Viola Bianci tenía tal clarividencia en cuanto a la psique de su hija?

Un compromiso de por vida. ¿Era eso lo que quería como resultado de su experiencia? ¿Quería eso más que la seguridad económica y una carrera profesional?

Abrió la boca, pero no sabía qué decir.

–Bueno, yo... en fin...

En ese momento sonó un golpecito en la puerta y uno de los organizadores de la boda asomó la cabeza.

–Es hora de irse.

Salvada por la campana. Su madre empezó a recoger sus cosas, mirando alrededor por si se dejaban algo. Y Darcy nunca se había alegrado tanto de su poca capacidad de atención. Evidentemente, no le preocupaba demasiado si iba a casarse por amor, pero esa intuición, errónea o no, había sido más que inquietante.

La sala del Juzgado era diminuta y sofocante, pero cuando Max estaba a punto de pedir que abriesen la ventana vio que ya estaba abierta. Había estado charlando con el padre de Darcy, que era un hombre muy afable y totalmente encandilado con su joven novia, a quien Max había catalogado como buscavidas en medio segundo porque le ponía ojitos cada vez que Tom Lennox se daba la vuelta.

Era alta, delgada, rubia e innegablemente guapa, pero le daba igual. No podía dejar de pensar en lo que había sentido cuando Darcy se sentó en su regazo esa noche, con su diminuta cintura entre las manos y el sabor de sus pechos...

Demonios. Eso había ocurrido dos semanas antes. Normalmente le costaba trabajo recordar a una mujer veinticuatro horas después de haberse acostado con ella. Hacer el amor era algo placentero, pero muy transitorio en su vida. Él no despertaba en medio de la noche, sudando. Y por eso se había ido a Londres... para soportar más reuniones insatisfactorias y nada concluyentes con Cecil Montgomery.

El hombre seguía insistiendo en que revelaría su decisión en Escocia. Maldito fuera. Lo único que aliviaba su frustración era que la actitud de Montgomery había cambiado desde que anunció su compromiso con Darcy. Ya no usaba ese tono ligeramente condescendiente y despectivo. Le hablaba con un nuevo respeto que Max no podía negar.

De modo que aquello merecía la pena. Y también merecía la pena que Darcy le volviese loco.

De repente, sintió que el vello de su nuca se erizaba. Darcy estaba allí, más bella que nunca. Y él no podía respirar. Era como si no la hubiera visto en varias semanas, no solo dos días.

Estaba en el umbral de la puerta con una mujer que debía ser su madre, pero él solo veía a Darcy, las deliciosas curvas de su cuerpo destacadas por el vestido de encaje. El velo ocultaba su cara, pero podía ver los ojos azules a través de la gasa y sintió que se le encogía el estómago de... ¿emoción?

No, no podía ser.

Estaba haciendo aquello por él, un favor monumental. «Pero tú vas a pagarle», le recordó una pragmática vocecita. Aun así, aquello estaba por encima de cualquier recompensa.

Era gratitud lo que sentía. Gratitud sencillamente.

Pero no podía apartar los ojos de Darcy mientras se dirigía hacia él con un ramito de flores en la mano.

Cuando llegó a su lado sintió el deseo de hacerle un gesto cariñoso o cómplice, pero se contuvo. Darcy sabía lo que era aquello; estaba haciéndolo por sus propias razones y porque iba a recibir una generosa recompensa.

Entonces frunció el ceño. ¿Por qué le había pedido esa cantidad de dinero exactamente?

–¿*Signor* Roselli?

Max parpadeó. Maldita fuera, estaba distraído. El secretario pronunció las palabras que él debía repetir y así lo hizo. Se sentía ligeramente mareado mientras intercambiaban los anillos. Las manos de Darcy eran diminutas y sus dedos estaban helados, pero su tono era claro, sin vacilación.

Y entonces levantó el velo y lo único que podía ver eran esos ojos azul mar. Y esos labios suaves, que temblaban ligeramente.

–Puede besar a la novia.

Max tomó su cara entre las manos y se inclinó para besarla, olvidándose de todo lo demás.

Cuando se apartó, Darcy estaba temblando y tuvo que contenerse para no llevarse un dedo a los labios y comprobar si estaban hinchados. Max apretaba firmemente su mano mientras la llevaba por el vestíbulo del hotel, hasta el salón en el que iba a celebrarse un discreto banquete.

Además de sus padres, que habían sido los testigos, Max había invitado a su hermano y a su nueva cuñada, y a algunos socios de su empresa.

Darcy se sentía como un fraude y no le apetecía que aquella gente a la que no conocía la interrogase. Max la hacía sentir tan... vulnerable después de dos semanas de mínimo contacto. No había querido mirarlo hasta entonces, pero el traje gris oscuro y la corbata de seda le daban un aspecto aún más apuesto y masculino. Podría haber salido de un retrato del siglo XIX; un pícaro, un calavera. Aunque iba bien afeitado y su pelo estaba bien peinado por una vez. Bueno, tan peinado como podía estarlo.

Darcy sintió el inopinado deseo de acariciarlo, de alborotarlo con los dedos.

–¿Todo bien? –le preguntó Max.

Su corazón dio un vuelco al mirar esos ojos dorados, pero intentó disimular.

—Sí, bien.

Cuando Max tomó su cara entre las manos y pasó la yema del pulgar por su labio inferior, su cuerpo dejó claro cuánto había echado de menos ese contacto.

Pero, de repente, notó que se ponía tenso y cuando levantó la mirada vio que se acercaba un hombre alto y moreno con la mujer más bella que había visto nunca, de pelo rubio platino y chispeantes ojos azules.

Max apartó la mano de su cara y se irguió con una rigidez que no le pasó desapercibida.

—Darcy, te presento a Luca Fonseca, mi hermano. Y su mujer, Serena.

Luca era de la misma estatura que Max, pero con el pelo negro y los ojos azul oscuro.

—Encantada de conoceros.

—El vestido es precioso —comentó Serena.

Darcy sonrió, sintiéndose totalmente inadecuada en presencia de aquella diosa.

—Considerando que se trataba de una boda civil, pensé que menos era más.

Serena asintió con la cabeza.

—Mi marido y yo nos casamos en la playa, solo con la familia, y no puedo decirte el alivio que fue para mí no tener que recorrer el pasillo de una iglesia vestida como una muñeca.

Darcy rio, sorprendida por su simpatía. Una pena que no volvieran a verse.

Uno de los organizadores los interrumpió para decir que Max y Darcy debían hacer su entrada como marido y mujer. Luca y Serena se despidieron y Darcy tomó aire, alegrándose de que solo hubiera un puñado de invitados, mientras recibían aplausos y vítores.

La ronda de felicitaciones parecía interminable y se

sentía cada vez más como un fraude. Era como si llevase el título de «novia falsa» grabado en la frente.

Unos minutos después, Serena se acercó para ofrecerle una copa de champán.

–Gracias, me hacía falta.

–¿Estás bien? Pareces un poco pálida.

Darcy intentó sonreír.

–No, es que estas dos semanas han sido como un torbellino.

Serena estaba a punto de decir algo cuando su marido, Luca, apareció a su lado y la tomó posesivamente por la cintura. Compartieron una mirada tan íntima que Darcy se sintió como una voyeur. Y algo peor, sintió envidia.

Por suerte, en ese momento sonó un gong, indicando que el almuerzo estaba servido. Aprovechó esa excusa para alejarse y buscar su asiento, intentando apartar de sí esa sensación de vacío que no tenía sentido allí, en una boda falsa.

La tensión que sentía Max cada vez que veía a su hermano se había aliviado un poco mientras tomaba un aromático café después del almuerzo. Darcy y él estaban sentados a la cabecera de mesa y, en ese momento, ella charlaba con un hombre a su izquierda, uno de sus socios.

Aquella boda estaba colocándole en la *pole position* para conseguir todo lo que siempre había querido: el respeto de sus colegas. Entonces, ¿por qué no experimentaba una sensación de triunfo? ¿Por qué estaba preocupado por su falsa esposa y por lo deliciosa que estaba con ese vestido? Cuánto le gustaría quitárselo poco a poco...

Entonces miró a su hermano y su mujer, sentados al otro lado de la mesa. Se miraban con total concentración, perdidos el uno en el otro, y eso hizo que algo se encogiera en su interior.

No debería haberlos invitados. Solo había que mirar a Luca y Serena para darse cuenta de lo endeble que era la farsa de su matrimonio con Darcy.

De nuevo, su hermano estaba quedando por encima de él, siempre un paso por delante. Esa era la prueba de que por muchos golpes que Luca hubiera recibido en la vida, ninguno había logrado tocar su corazón, manchándolo para siempre. Por primera vez, Max sintió algo más que envidia. Se sintió vacío.

–¿Qué te pasa? Pareces a punto de matar a alguien.

Darcy lo miraba con el ceño fruncido y se sintió más expuesto y frustrado que nunca mientras experimentaba una rabia vieja y oscura que le devolvía a aquel día terrible en su infancia. Que ese día siguiera afectándolo de tal forma era humillante.

Por instinto, buscando algo a lo que no podía poner nombre, tal vez un antídoto a la oscuridad en su interior, una forma de escapar a los demonios que le mordían los talones, tomó a Darcy por la cintura para reclamar su boca en un beso que incendió su sangre.

Pero no le sirvió de escape; al contrario, provocó un deseo que solo ella parecía despertar. Y allí, delante de tantos testigos.

Por fin, recuperó la cordura y se apartó. Darcy tardó un momento en abrir los ojos. Sus labios estaban ligeramente hinchados, sus pechos subiendo y bajando rápidamente.

Y entonces vio que también ella recuperaba el sentido común. Los ojos azules pasaron de ardientes a helados en una décima de segundo.

–¿A qué viene esa actitud de cavernícola? –le preguntó, cuando pudo llevar oxígeno a sus pulmones.

Sabía que no la había besado de cara a la galería porque antes de besarla su mirada había sido oscura y angustiosa.

Se levantó entonces, pero también él se levantó, con el ceño fruncido.

—¿Qué haces?

—Voy a tomarme diez minutos libres de esta farsa, si no te importa.

Darcy sonrió amablemente a los invitados, que habían empezado a moverse por el salón después del almuerzo, y se dirigió a uno de los balcones porque necesitaba oxígeno.

Se apoyó en la barandilla para admirar la ciudad de Roma, disfrutando de los últimos rayos del sol. Era un lugar idílico, a un millón de kilómetros de la angustia que sentía.

Maldito fuera Max y su habilidad para sacarla de sus casillas. Lo peor era que no sabía por qué la afectaba tanto; solo sabía que estaba enfadada con él y odiaba sentirse como una marioneta. Había sido un error. Ninguna cantidad de dinero merecía aquello. Viviría feliz como una nómada durante el resto de sus días si pudiera alejarse de Max en ese momento.

«Mentirosa».

—¿Darcy?

Ella cerró los ojos. No había escape.

Fue el tono de preocupación lo que hizo que girase la cabeza para mirar a Max, pero su expresión era inescrutable.

—¿Por qué me has besado así? No ha sido solo para que lo vieran los invitados.

—No —admitió el con desgana—. No ha sido solo por eso.

Había notado rabia y frustración en ese beso, pero no entendía por qué.

—No voy a ser una de tus muchas amantes. Ya te lo dije.

Max puso las manos sobre la pared, a cada lado de su cara, acorralándola.

–La única mujer en la que estoy remotamente interesado eres tú.

Darcy tragó saliva, intentando que la proximidad de Max no afectase a su cerebro como de costumbre.

–Pero estabas enfadado. Lo he notado.

Max se apartó y pasó una mano por su cara.

–Tienes razón. Estaba enfadado.

–¿Por qué?

Él hizo una mueca.

–Por mi hermano sobre todo. Lo he visto con su esposa y...

No tenía que decir nada más. Darcy sabía a qué se refería. También ella había visto aquella insoportable intimidad.

Max se encogió de hombros.

–Me afecta como no lo hace nadie. Siempre siento que voy varios pasos por detrás de él.

Darcy intuía su intenso deseo de no seguir compitiendo con su hermano. No sabía lo que había pasado cuando sus padres se separaron, pero había marcado a aquel hombre de forma indeleble.

–Bueno, a mí no me gusta que se me utilice para ganar puntos. La próxima vez, búscate a otra –le dijo, con el corazón encogido.

Iba a marcharse, pero Max la tomó por la cintura y la miró a los ojos.

–Te he besado porque te deseo. Si estaba enfadado, lo olvidé en cuanto mis labios rozaron los tuyos. Cuando te beso, sé a quién estoy besando y por qué.

Ella lo miró, transfigurada por la intensidad de su expresión.

–*Maledizione*. No puedo pensar cuando me miras de

esa forma –susurró, tirando de ella. Darcy cayó sobre su torso, cálido y duro.

–Max... –protestó casi sin voz–. Aquí no nos ve nadie.
–Mejor –dijo él.

Apretó su cintura, casi levantándola del suelo, y cuando sus bocas se encontraron Darcy tuvo que reconocer cuánto lo deseaba. Lo besó con un fervor que debería haberla avergonzado, pero no era así. Le echó los brazos al cuello, sus pechos aplastados contra el duro torso masculino.

Él la empujó contra la pared y el beso se volvió doloroso y desesperado después de dos semanas de contenida frustración. La apretaba tan fuerte que se preguntó si dejaría la marca de sus dedos.

Darcy dejó que Max la llevase a un torbellino de inconsciencia del que solo escapó al oír que alguien se aclaraba la garganta. Se sintió mortificada al ver a un empleado, que también parecía mortificado, esperando que se apartasen.

Max la soltó y dio un paso atrás, con el pelo alborotado y la corbata torcida. Darcy sentía como si estuviera flotando.

–Siento molestarle, *signor* Roselli, pero su coche está listo cuando quieran.

El joven se alejó y Darcy miró a Max sintiéndose como una tonta.

–¿El coche? ¿Dónde vamos?
–A la villa, en el lago Como, durante un largo fin de semana. Nuestra luna de miel –le explicó al ver que lo miraba con cara de sorpresa.

Max le había dicho que pasarían un fin de semana en el lago Como después de la boda para que todo pareciese auténtico, pero lo había olvidado.

Y, de repente, pasar unos días a solas con Max en una villa le parecía aterrador.

—Podríamos quedarnos en Roma. Tenemos que preparar el viaje a Escocia...

Él estaba sacudiendo la cabeza mientras tomaba su mano para volver al interior.

—Nos vamos a Como, y no es negociable. Despídete de tus padres, Darcy. Nos veremos en el vestíbulo en media hora.

Darcy, un poco atolondrada, lo observó mientras se acercaba a unos invitados para despedirse. Una semana a solas en una villa con Max Fonseca Roselli después de aquel beso... no tendría una sola oportunidad, pensó, desalentada.

Capítulo 7

HICIERON el viaje hasta al aeropuerto en silencio y, una vez en el avión, apenas habían intercambiado un par de frases.

Aunque no quería llamar su atención, era difícil apartar los ojos de él. Llevaba un pantalón oscuro y una ligera camiseta gris de manga larga que destacaba la anchura de su torso. El color gris parecía hacer que sus ojos brillasen más intensamente y Darcy apartó la mirada cuando el avión empezó a despegar.

También ella se había cambiado de ropa y llevaba un vestido sin mangas de color crema con una chaqueta a juego. Le dolía el cuero cabelludo por las horquillas con que había sujetado el velo y se pasó los dedos suavemente por la cabeza, recordando la inesperada emoción que había sentido cuando estaba guardando el vestido de novia. Había pensado: «qué pena no tener nunca una hija a quien dejárselo en herencia».

La estilista, que debía haberse percatado de su expresión, le había dicho:

—No se preocupe, *signora* Roselli, nosotros cuidaremos de su vestido.

Lo de «*signora* Roselli» había servido para sacarla de su ensimismamiento y devolverla a la realidad. Solo era la *signora* Roselli porque Max quería dominar el mundo de las finanzas y ella, como una tonta, estaba ayudándolo a conseguirlo.

—Para ser una recién casada estás sorprendentemente callada. ¿Nerviosa por la noche de bodas, querida?

Darcy lo maldijo. Si había algún momento en el que fuera absolutamente irresistible era cuando se ponía juguetón.

—No lo sé, no tengo experiencia como recién casada y no tengo la menor intención de volver a serlo.

Max sonrió como un lobo.

—No te preocupes, *cara mia*, seré delicado contigo.

Sintiendo que le ardía la cara, Darcy se preguntó cómo sería si aquello fuese real y Max de verdad estuviese prometiendo ser delicado con ella. Lo imaginó con esa mirada intensa mientras entraba en ella centímetro a centímetro... y sintió un espasmo entre las piernas, sus músculos internos reaccionando por culpa de su lasciva imaginación.

Horrorizada, dijo con tono seco:

—Ahórratelo, Max. No soy virgen.

—¿Entonces no tengo que ser delicado? Mejor porque cuando estemos juntos...

Darcy desabrochó el cinturón de seguridad y se levantó, sujetándose al asiento cuando perdió el equilibrio.

—Voy a tumbarme un rato. Estoy cansada.

Max la tomó por la muñeca cuando iba a alejarse.

—¿Qué demonios te pasa? Solo estaba bromeando.

Ella se soltó, sintiéndose como una tonta por haber mordido el anzuelo.

—No pasa nada, ya te he dicho que estoy un poco cansada. Ha sido un día muy largo.

Se dirigió al pequeño dormitorio y cerró la puerta tras ella, llevándose las manos a la cara. ¿Por qué había dejado que Max la sacara de sus casillas?

Se sentó al borde de la cama, cansada de repente. La verdad era que aquel día la había afectado más de lo que nunca hubiera podido imaginar. Cuando aceptó aquel matrimonio con Max había creído que podría hacerlo y permanecer intacta, pero estaba claro que no iba a ser así. Todo se había desmoronado después de aquella noche en el despacho, cuando su atracción por él quedó en evidencia.

¿Por qué tenía que encontrarlo tan atractivo? No era así como funcionaba el mundo, los hombres como Max no encontraban atractivas a las mujeres como ella. No tenía duda de que era una aberración momentánea, una anomalía. Max la deseaba porque era diferente a las mujeres con las que solía relacionarse. O por su obsesión de conseguir ese contrato.

¿Por qué había seguido el loco instinto de solicitar un puesto de trabajo con él?, se preguntó, y no por primera vez.

Dejando escapar un suspiro, Darcy se dejó caer sobre la cama y cerró los ojos, con intención de dormir y olvidarse de todo.

Un coche estaba esperándolos cuando llegaron al pequeño aeropuerto a las afueras de Milán. Después de guardar las maletas, Max se sentó frente al volante y Darcy en el asiento del pasajero. El coche era lujoso, un último modelo. Cuando salieron del aeropuerto parecía como si los neumáticos no tocasen la carretera.

—Es el nuevo Falcone —le explicó Max—. Soy amigo de Rafaele y me presta coches para probarlos de vez en cuando.

Darcy esbozó una sonrisa.

—Las ventajas de ser amigo de uno de los fabricantes de coches más famosos del mundo, ¿eh?

Max se encogió de hombros. Llevaba su manto de privilegios con total despreocupación y no podía criticarlo por ello; al fin y al cabo se lo había ganado.

—Darcy —empezó a decir él—. Lo que ha pasado antes...

Ella se irguió en el asiento.

—No ha sido nada. Es que han pasado tantas cosas...

—¿Sabes que aún no te he dado las gracias? —Max la miró un momento y luego volvió a concentrarse en la carretera—. No subestimo el gran favor que me estás haciendo.

El enfado de Darcy se evaporó. Conocía a Max lo suficiente como para saber que solo daba las gracias cuando era algo realmente importante para él...

En su cerebro empezó a echar raíces una insidiosa sospecha y lo miró con los ojos entornados.

—No voy a acostarme contigo.

Max la miró de nuevo con expresión burlona.

—No recuerdo habértelo pedido.

—No tienes que hacerlo. Está ahí, entre nosotros, pero sencillamente no puedo.

«Porque me harías daño».

Darcy contuvo el aliento cuando la verdad se reveló por fin. Estaba enamorándose de él. Si se acostaban juntos, su inevitable rechazo la destrozaría. Reconocerlo era humillante, pero era la verdad.

—Ya te dije una vez que no me gustan los juegos. Es tu decisión —Max esbozó una sonrisa traviesa—. Pero no prometo no intentar hacer que cambies de opinión.

Intentando ignorar tan turbadora promesa, Darcy decidió cambiar de tema.

—¿De quién es la villa a la que vamos?

—De un buen amigo mío, Dante D'Aquanni.

—He oído hablar de él. ¿Se dedica a la construcción?

Él asintió mientras tomaba una curva desde la que ya se podía ver el lago.

—Su familia y él viven temporalmente en España mientras trabaja en un proyecto.

—¿De qué lo conoces?
—Fue uno de mis primeros clientes. Dante me confió su dinero para que lo invirtiera.

Atravesaron una verja de hierro, con muros de piedra a cada lado, y unos segundos después estaban frente a una fabulosa villa con una escalera de piedra que llevaba a un porche impresionante.

Un ama de llave, a quien Max presentó como Julieta, salió a recibirlos junto a un hombre más joven que se encargó de las maletas, y los llevó al interior, charlando alegremente. Era indudable que Max había estado allí en muchas ocasiones. El interior era fabuloso, con techos altos, una impresionante escalera y enormes salones que partían del vestíbulo.

Darcy asomó la cabeza en uno de ellos, que parecía tener el techo de cristal azul. ¿Cristal de Murano?, se preguntó.

Julieta les ofreció un refrigerio, pero Darcy declinó el ofrecimiento, alegando que estaba cansada y quería irse a dormir. Pero mientras seguía a la mujer por la escalera, se preguntó, asustada, si iba a llevarla a una habitación de matrimonio.

Afortunadamente, Julieta la llevó a un suntuoso dormitorio con baño y vestidor y, antes de despedirse, le explicó que la habitación contigua era la del *signor* Roselli.

El alivio de Darcy duró exactamente lo que Max tardó en aparecer por la puerta de la habitación contigua, con un brillo perverso en los ojos.

—Le conté a Dante la verdad sobre nuestro matrimonio... y no tengo que decir que ahora lamento el impulso —bromeó, apoyándose en el quicio de la puerta.

Darcy se puso en jarras.

—Pues yo no. Buenas noches, Max.

—¿Sabes una cosa? Nunca he tenido que cortejar a una mujer, pero me gusta la idea.

Fue como si cientos de mariposas hubieran sido liberadas en su estómago. Por supuesto, Max Fonseca Roselli nunca había tenido que cortejar a una mujer porque siempre caían en su regazo como fruta madura.

Darcy se dirigió hacia la puerta, dispuesta a cerrarla en sus narices.

—Te ahorraré el esfuerzo. No merezco la pena.

Max la miró de arriba abajo.

—Al contrario, yo creo que sí —murmuró—. Buenas noches, Darcy.

La puerta de la habitación contigua se cerró en sus narices antes de que se le ocurriera una réplica ingeniosa y Darcy se sintió ridículamente deprimida.

¿Qué había esperado, que Max ignorase el desafío? Temía haberlo hecho todo mal. Él solo aceptaría una capitulación total y su tono dejaba claro que no esperaría mucho tiempo.

Mientras sacaba las cosas de su maleta antes de irse a la cama murmuró para sí misma:

—Atrévete, Roselli, soy más fuerte de lo que crees.

Aparentemente, no era tan fuerte como había pensado. Porque cuando bajó a desayunar a la mañana siguiente y vio a Max sentado en la terraza, de inmediato se le doblaron las piernas.

A propósito, ignoró la espectacular vista del lago. Sentía un viejo miedo al agua, por bonito que fuera el paisaje.

Max llevaba unos vaqueros gastados y un polo oscuro, el pelo despeinado por la brisa. Cuando levantó la mano para tomar un sorbo de café sus bíceps se marcaron y Darcy tuvo que tragar saliva.

—Buenos días. ¿Has dormido bien?

Darcy esbozó una sonrisa falsa y dio un paso adelante, evitando su mirada.

—Sí, gracias, como una niña. Y como las personas con la conciencia limpia.

Max susurró un «ay» con tono burlón.

—Entonces, yo debo estar en el lado de los ángeles porque también he dormido estupendamente.

Darcy soltó un poco elegante bufido mientras se servía un aromático café con bollos caseros y cerró los ojos para saborear el momento. Olía y sabía a gloria.

Cuando volvió a abrirlos encontró a Max mirando descaradamente sus pechos y se quedó horrorizada al ver que sus pezones se marcaban bajo la fina tela del vestido.

Tuvo que contenerse para no cruzar los brazos, pero decidió disfrutar de los deliciosos bollos, el café y la fruta mientras evitaba la mirada de Max. Cuando por fin se había calmado, él se tocó sus labios con la punta del dedo índice para limpiar una gota de mermelada y procedió a lamerla... provocando un latido entre sus piernas.

Como no quería seguir sentada como un ratón mientras Max hacía el papel de gato, Darcy se levantó.

—Voy a buscar el estudio para comprobar los correos y...

Él se levantó también.

—No harás nada de eso. Tengo planes para hoy.

—Pero deberíamos asegurarnos de que...

De repente, Max dio un paso adelante y se la echó al hombro, como si fuera un saco de patatas.

—¿Qué demonios...? —exclamó con voz estrangulada.

Pero Max estaba diciéndole a Julieta que volverían a la hora de la cena. La mujer sonrió con gesto benevolente, como si viera ese tipo de escenas todos los días.

Por fin, Max la dejó en el suelo para abrir la puerta del coche y la tomó por la cintura, prácticamente empujándola al asiento.

Darcy echaba humo mientras él se colocaba frente al volante, advirtiéndole con la mirada que no volviese a desafiarlo.

—Esto es un secuestro y te estás aprovechando de tu tamaño. ¡Eres un... abusón!

Max soltó una carcajada.

—Debo admitir que tu estatura hace que sea más fácil manejarte.

Darcy dejó escapar un suspiro de rabia y cruzó los brazos sobre el pecho, mirando por la ventanilla mientras maldecía su superior estatura.

Pero aunque detestaba que la obligase a hacer su voluntad, en lo único que podía pensar era en lo que había sentido mientras estaba entre sus brazos, en cómo su instinto la había empujado a buscar refugio en él. Ser tan susceptible ante las tácticas de cavernícola de Max como cualquier otra mujer no le hacía ninguna gracia.

Cuando tomó la autopista giró la cabeza para mirarlo.

—¿Has recuperado el sentido común y volvemos a Roma a trabajar?

—No, vamos a pasarlo bien.

Ella lo miró con gesto suspicaz, pero no dijo nada.

—Aparte de mi intención de meterte en mi cama, será bueno que nos vean juntos este fin de semana. Al fin y al cabo, se supone que estamos de luna de miel.

Darcy no tenía respuesta para eso porque era verdad.

Dejaron el coche en un aparcamiento privado y salieron a las abarrotadas calles de Milán. Era como un desfile de moda. Había mujeres bellísimas por todas partes, algunas con el típico perrito, y hombres guapísimos. Demasiado metrosexuales para ella, pero eso era lo que se llevaba en la capital de la moda, y en casi toda Europa. Por supuesto, Max llamaba la atención entre aquella gente tan guapa y muchas cabezas se giraron al verlo pasar.

Después de todo, ¿no habían inventado los italianos el término *passeggiata* para especificar que era pasear con intención de ser visto?

Entraron en una boutique con el nombre de un famoso diseñador sobre la puerta en la que Max fue recibido como una estrella. Y un cliente habitual, notó Darcy sintiendo una punzada de algo oscuro. Pero antes de que pudiese decir nada, dos empleadas la llevaron a un probador y Max se quedó fuera, tomando un café.

Las mujeres se movían a su alrededor como mariposas y, por fin, después de embutirla en un vestido de cóctel demasiado estrecho para su gusto, prácticamente la empujaron fuera del probador. Darcy se dio cuenta de que estaban haciéndola desfilar para Max cuando él bajó el periódico y la miró como si fuese una yegua de cría.

—¿Qué demonios es esto? —exclamó, indignada.
—Estamos de compras —respondió él.
—No necesito más ropa.

Max pareció sorprendido por un momento, como si no pudiera entender su reacción. Hubiera sido gracioso si no estuviese tan enfadada, pero, al parecer, aquello era algo que hacía habitualmente con otras mujeres.

Fuera de sí, se dirigió a la puerta y estaba en la calle, echando humo, cuando Max llegó a su lado.

—¿Se puede saber qué haces?
—¿Qué demonios haces tú? ¿No decías que no estabas acostumbrado a cortejar a las mujeres? Porque, dada tu familiaridad con las dependientas de la tienda, está claro que llevar a las mujeres de compras es algo que haces a menudo.

Max levantó las manos al cielo.

—¿A qué mujer no le gusta ir de compras?

Darcy se señaló a sí misma.

—A esta —respondió, cruzando los brazos sobre el pecho—. ¿Qué estás haciendo? ¿Ir de compras es algo así como los preliminares antes del sexo?

Se fulminaron el uno al otro con la mirada durante largo rato hasta que Max dejó escapar un suspiro.

—Debería haberlo imaginado.

—¿Perdona? —Darcy se puso una mano tras la oreja—. Me parece que no he oído bien.

Él esbozó una sonrisa.

—Siento mucho haber dado por sentado que te gustaría ir de compras. Debería haberlo pensado mejor.

Ella estuvo a punto de sonreír, pero contuvo el impulso.

—Deberías haberlo pensado mejor. Además, no puedo respirar con este vestido.

Max la miró de arriba abajo.

—Me parece que yo tampoco puedo respirar.

—Oye...

—De acuerdo, de acuerdo. Vamos a devolverlo.

Darcy se sentía como una niña petulante, pero Max la sacaba de quicio.

—Lo siento, es que no me gusta ir de compras. No es que no esté agradecida.

Max esbozó una sonrisa mientras tomaba su mano para entrar en la tienda.

—No lo he hecho con mucha finura. Vamos.

Darcy entró tras él, mortificada por las especulativas miradas de las empleadas mientras volvía al probador para quitarse el vestido.

Unos minutos después, cuando iban a salir de la tienda, Darcy se fijó en un pañuelo precioso que, por supuesto, Max se empeñó en regalarle.

—Me pareció que tenía que comprar algo –dijo a modo de justificación cuando estaban en la calle.

—Créeme, esas vendedoras son como pirañas.

—Es que me sentía fatal.

Max tomó su mano, mirándola con una expresión curiosa.

—Tienes un buen corazón, Darcy Lennox.

Ella soltó un bufido, pero por dentro se derritió.

—No lo creas.

Poco después, cuando pasaban frente a otra boutique mucho más pequeña, pero no menos exclusiva, Darcy se detuvo. En el escaparate había un precioso vestido de satén azul zafiro con escote redondo y cuerpo ajustado...

Cuando se dio cuenta de lo que estaba haciendo intentó seguir adelante, pero Max la detuvo.

—¿Y tú me llamas caprichoso?

—Yo soy como un misil teledirigido, cuando veo algo que me gusta lo compro y luego salgo corriendo.

—¿Lo quieres? –preguntó él.

—Bueno, no sé... –Darcy volvió a mirar el escaparate.

Max entró en la tienda y, en esa ocasión, se dedicó a pasear mientras ella se probaba el vestido.

La dependienta dio un paso atrás con una sonrisa de satisfacción.

—*Bella figura, signora*.

Max apareció en la puerta del probador, con gesto aburrido, pero al verla sus ojos se iluminaron.

—¿Te gusta? –le preguntó ella, con cierta timidez–. Seguramente no necesito este vestido para la fiesta de Montgomery...

—Nos lo llevamos –la interrumpió Max, con voz ligeramente entrecortada.

Después de encargar que lo enviasen a la oficina de Roma, salieron de la tienda. Darcy había intentado pagar por el vestido, pero él no se lo permitió.

—¿Y ahora qué? —preguntó Max una vez en la calle.

Darcy miró alrededor, disfrutando al verlo despojado de su habitual seguridad.

—Bueno, primero quiero un helado...

—¿Después de comprarte ese vestido? —Max sacudió la cabeza—. *Incredibile*.

Riendo, tomó su mano para besarla. Darcy miró alrededor, buscando algún paparazzi, pero no había ninguna cámara apuntándolos.

—¿Y después del helado?

Ella arrugó la nariz.

—Bueno, nunca he visto *La última cena*, de Leonardo Da Vinci, así que eso estaría bien. Y me gustaría subir al tejado del Duomo para ver los Alpes. ¿Y tú?

Max parpadeó. ¿Él? Nadie le había preguntado nunca qué le gustaría hacer.

Y pensar que había dado por hecho que a Darcy le encantaría ir de compras... aunque en realidad no lo había pensado; solo quería irse de la villa antes de que ella se encerrase en el estudio.

Evidentemente, la había subestimado y tendría que ser más inventivo. Por primera vez en mucho tiempo, Max sentía la emoción del reto y algo más, algo casi... emocionante.

—¿Sabes lo que me gustaría?

Ella negó con la cabeza.

—Ir a ver el partido del AC Milán.

Darcy miró su reloj.

—Pues tendremos que darnos prisa si queremos hacerlo todo, ¿no?

—Ese gol en el último minuto... —estaba diciendo Darcy mientras sacudía la cabeza.

Iban de regreso a la villa y Max debía reconocer que nunca lo había pasado tan bien.

Habían estado frente a una de las grandes obras de arte de la historia y luego habían subido al tejado de una maravillosa catedral para disfrutar de un paisaje espectacular. Por desgracia, no habían visto las cumbres nevadas de los Alpes por culpa de la neblina que cubría la ciudad y había sentido el absurdo deseo de compensarla de algún modo.

Y luego habían ido a un partido de futbol. Él nunca iba a ver a su equipo favorito al estadio porque siempre estaba demasiado ocupado.

–¿Así que ahora eres fan del Milán?

Ella lo miró con una sonrisa en los labios.

–Podría acostumbrarme. No sabía que el futbol fuese un juego de gladiadores. Mi padre es un hombre de rugby, así que crecí viendo partidos en los estadios, fuera cual fuera el país en el que viviéramos.

Max se encontró pensando en algo a lo que había dado muchas vueltas en esos días.

–¿Eso tiene algo que ver con la cantidad de dinero que me has pedido?

Darcy arrugó la nariz.

–¿No es un poco grosero hablar de dinero con tu falsa esposa?

Max sacudió la cabeza.

–No vas a evitar la pregunta tan fácilmente. Deberías haber redondeado la cifra.

Darcy hizo una mueca, pero Max estaba decidido a saber para qué era el dinero.

–Cuando mis padres se separaron, vendieron la casa familiar y nunca volvieron a asentarse en ningún sitio. Mi padre viajaba por todo el mundo y mi madre estaba donde estuviera su último amante, por eso me mandaron al internado. El momento más estable desde entonces fue cuando el negocio de mi padre se hundió y volví a Gran Bretaña, aunque viviéramos en un hotel barato –Darcy se encogió de hombros–. Pero desde pequeña he deseado tener un sitio que siempre estuviera ahí. En fin, es una bobada. Mucha gente no tiene casa propia.

Max apretó su mano.

–No es una bobada.

No podía decir nada más porque sabía muy bien de qué estaba hablando. Tampoco él había tenido ese sitio seguro.

–¿Entonces el dinero es para comprar un piso? –le preguntó, volviendo a poner la mano sobre el volante.

Darcy asintió, sin mirarlo.

–En Londres. Llevo meses mirándolo y haciendo planes.

Max podía imaginarla en un bonito apartamento, en una calle flanqueada por árboles, rehaciendo su vida, desapareciendo entre la gente. Y no le gustaba. De hecho, lo que sintió parecía sospechosamente una punzada de celos.

Darcy, con un cómodo pantalón ancho y un top de seda, bajó a la terraza para cenar. Las velas en la mesa le daban al ambiente un brillo dorado y hacían que se preguntase por la afortunada pareja propietaria de aquel lugar idílico. ¿Sería un matrimonio feliz? Debía serlo porque la villa tenía un aire de paz.

Y luego sacudió la cabeza. Ella no era dada a dejarse llevar por la imaginación.

Max aún no había bajado y dejó escapar un suspiro de alivio mientras se acercaba a la barandilla para mirar el lago del otro lado.

Incluso allí, lejos del agua, percibía su malévola presencia y sintió un escalofrío.

—¿Tienes frío?

Max estaba tras ella con dos copas de vino en la mano.

—No, estoy bien... es que alguien ha caminado sobre mi tumba.

Llevaba un pantalón oscuro y una camisa blanca que destacaba el contraste con su piel morena. Destilaba elegancia y una innegable masculinidad.

Max había sido una revelación aquel día. Darcy nunca lo había visto tan relajado, como si se hubiera quitado un peso de los hombros.

Y en el partido de futbol era como un niño, saltando, abrazándola a ella y al hombre que estaba al otro lado cuando su equipo marcaba un gol. Y también usando un lenguaje que la sorprendió cuando las cosas no iban bien.

Julieta y el joven, que resultó ser su nieto, sirvieron la cena: aromáticos platos de pasta para empezar y chuletas de cerdo salteadas con *prosciutto*, salvia y limón.

Darcy suspiró, encantada, mientras saboreaba las deliciosas chuletas.

—Puede que tengas que sacarme rodando de aquí en un par de días.

La mirada que Max lanzó sobre sus curvas le decía exactamente lo que pensaba de eso. Poco acostumbrada a las miradas de admiración masculina, Darcy se ruborizó. Aún no podía creer que la deseese, pero durante todo el día la había tocado con sutil intención, manteniéndola al borde del deseo.

Intentando calmarse, le preguntó por los propietarios de la villa.

—¿Cómo son Dante y su mujer? Este parece un sitio tan feliz.

Max apartó su plato vacío y se levantó.

—Voy a enseñarte una fotografía.

Volvió un minuto después con la fotografía de un

guapo y sonriente joven moreno y una joven rubia de pelo rizado. Ella apretaba la mano de un niño de pelo oscuro mientras el hombre tenía un bebé en brazos, una niña preciosa con el pulgar en la boca y los ojos enormes.

Darcy sintió que se le encogía el corazón. Ese retrato de felicidad familiar para ella solo era un sueño lejano. ¿Y quién podría decir si no acabarían separándose, con esos pobres niños destinados a pasar el resto de su vida divididos entre su padre y su madre?

Avergonzada de pensar tal cosa con inopinada alegría, Darcy le devolvió la fotografía.

–Parecen encantadores.

–Tal vez no todo el mundo tiene que pasar por lo que nosotros pasamos –comentó Max.

Darcy se preguntó por qué le sorprendía que leyera sus pensamientos. Parecía ser su especialidad.

–¿De verdad crees eso?

–No, la verdad es que no. Pero debo admitir que Dante y Alicia parecen muy felices –Max hizo una pausa y luego la miró a los ojos–. ¿Por qué te metiste ese día? ¿Durante la pelea?

Darcy supo de inmediato que se refería a la pelea que presenció en Boissy, en la que ella intervino.

–No puedo creer que recuerdes eso.

–Fue memorable. Tú solita asustaste a tres tipos que te sacaban una cabeza –dijo él, apretando su mano.

–Es que no lo pensé, la verdad –Darcy se mordió la lengua para no revelar que solía observarlo a menudo, notando la insolencia que llevaba como un escudo.

Temiendo que se diera cuenta, decidió cambiar de tema.

–Tu hermano y tú... ¿crees que algún día os llevareis bien?

–De niños nos llevábamos muy bien –respondió él

en voz baja, esbozando una sonrisa–. Antes de que nos separasen teníamos una relación especial. Hasta teníamos un lenguaje especial que solía volver locos a nuestros padres –la sonrisa desapareció–. Luca era más fuerte que yo. Cuando nuestros padres anunciaron que iban a separarnos, él se quedó en silencio, sin llorar, sin lamentarse. Nunca lo olvidaré –Max hizo una mueca–. Fui yo quien se desmoronó.

–Pero solo erais niños –protestó ella, sintiendo una rabia que no podría explicar.

Julieta apareció entonces con el café y Darcy parpadeó, saliendo del hechizo de intimidad en el que Max y ella parecían estar envueltos. De repente, se sentía absurdamente emocionada. Aquel día maravilloso estaba afectándola de verdad y, como una cobarde, aprovechó la oportunidad para liberar su mano y levantarse de la silla.

–No quiero café, gracias. Ha sido un día muy largo.

Desgraciadamente no consiguió irse al mismo tiempo que Julieta porque Max volvió a tomarla por la muñeca y su corazón dio un vuelco. Tenía un aspecto demasiado sexy y, sin embargo, le recordaba al joven Max: arrogante, pero humano después de todo.

–¿Aún no estas dispuesta a aceptar la derrota?

Darcy negó con la cabeza, oyendo el pulso de la sangre en sus oídos.

–No, Max, no creo que sea buena idea.

Para su sorpresa, él soltó su mano y se inclinó hacia delante para servirse un café.

–*Buonanotte* entonces.

Insegura, porque no confiaba en Max, se dirigió a la puerta. Pero entonces lo oyó decir:

–Es mejor que te vayas a la cama ahora porque te despertaré temprano. Tengo planes para mañana.

Ella lo miró, recelosa.

-¿De qué estás hablando?
-Ya lo verás.
-Oye, no...
La mirada de Max dejaba claro que tenía que hacer un esfuerzo para mantener el control y que si se quedaba un segundo más no sería responsable de sus actos.
-Buenas noches, Darcy. Vete a la cama mientras puedas... o no te irás sola.
Darcy tuvo el buen juicio de no preguntar nada más antes de salir corriendo.

Capítulo 8

—DÉJAME en paz. Aún es de noche —Darcy enterró la cabeza bajo la almohada, pero unas manos firmes tiraron del edredón.

—*Buongiorno, mia moglie.*

«Mi mujer».

Darcy intentó taparse de nuevo, pero Max dijo bruscamente:

—Vístete o te vestiré yo. Depende de ti. He sacado ropa del armario.

Aún no había amanecido, pero había suficiente luz en la habitación como para ver esos ojos hipnotizadores resbalando por su camiseta.

—Pero si prefieres quedarte en la cama, yo no tengo ninguna objeción —añadió, con voz ronca.

Darcy saltó de la cama y miró alrededor, buscando su bata.

—Estoy despierta. Y puedo vestirme solita.

—¿No te gusta madrugar? Tomaré nota para el futuro.

—Es más acertado decir que no me gusta levantarme de noche.

Max miró su reloj.

—Te espero abajo en quince minutos. Solo tenemos tiempo para un desayuno rápido.

Darcy despotricaba sobre la arrogancia de los hombres mientras se duchaba y se ponía unos vaqueros, un top de manga larga y unos zapatos planos.

No le gustaba admitir que sus defensas estaban un poco magulladas después del día anterior y de la íntima conversación por la noche. Había tenido turbadores sueños de niños agarrándose el uno al otro mientras unas manos los obligaban a apartarse... y una brillante mancha de sangre sobre la nieve.

Cuando bajó a la terraza, Julieta la saludó alegremente y Max se levantó para apartar una silla.

Se sentía incómoda con la cara lavada y el pelo sujeto en una coleta, pero no había tenido tiempo para más.

—No vas a decirme dónde vamos, ¿verdad?

Él negó con la cabeza.

—Es una sorpresa.

Darcy apartó su plato. No tenía apetito tan temprano.

—Supongo que este no es buen momento para decirte que odio las sorpresas.

Había aprendido que las sorpresas solían ser de la variedad desagradable; a menudo alguna promesa de sus padres para mitigar su sentimiento de culpa o para compensar su ausencia. Por eso quería forjarse un futuro donde no hubiera sorpresas.

Hasta que aceptó tomar parte en aquella ridícula farsa.

Max se levantó y dejó su servilleta sobre la mesa.

—Te gustará, te lo prometo. ¿Nos vamos?

Darcy levantó la mirada, suspirando.

—No tengo alternativa, ¿verdad?

—No a menos que quieras que te cargue sobre el hombro.

Y no tenía la menor duda de que lo haría, como lo había hecho el día anterior.

—No tienes que demostrar tus habilidades de cavernícola. Puedo caminar sola.

Max la llevó a una finca cercana y aparcó al lado de otros vehículos.

—Toma, te hará falta esto. Puede que haga frío.

Darcy se puso el forro polar y subió la cremallera mientras él sacaba una cesta del maletero. Después, lo siguió hasta un edificio con aspecto de hangar... y se detuvo de golpe, sabiendo que sus últimas defensas acababan de convertirse en polvo. Absurdamente, sus ojos se empañaron.

Pero Max parecía la viva imagen de la inocencia y tuvo que apretar los puños, fulminándolo con la mirada mientras intentaba contener la emoción.

–De todas las maniobras sucias que podías hacer, Max Fonseca Roselli, esto demuestra que no tienes corazón.

Darcy señaló el globo aerostático sujeto por un grupo de hombres. Estaba en su lista de cosas que hacer antes de morir y él lo sabía porque una noche, mientras trabajaban hasta tarde en la oficina, Darcy le había preguntado qué cosas había en su lista. ¿Qué podía querer alguien que lo tenía todo?

Tras una respuesta típicamente evasiva, él le había preguntado qué había en la suya y Darcy había respondido, con cierto pudor, que siempre había querido viajar en globo.

Y allí estaba, pensó, con un nudo de emoción en el pecho.

–¿No quieres subir?

–Pues claro que quiero –Darcy cruzó los brazos sobre el pecho, odiando que pudiera hacerla sentir tanto, y queriendo hacérselo pagar–. Pero no pienso ir a ningún sitio hasta que me digas qué hay en tu lista de cosas que hacer antes de morir. Y quiero una respuesta de verdad.

La expresión de Max se endureció.

–Yo no tengo una lista... esto es ridículo. Nos perderemos la salida del sol si no empezamos a movernos.

El globo empezaba a elevarse, pero Darcy golpeó el suelo con el pie, esperando...

Él suspiró, pasándose una mano por el pelo.
—Contigo nada es fácil, ¿verdad?
—No.
Darcy sonrió dulcemente, sintiendo cierta satisfacción al sacarlo de sus casillas.
—Muy bien, te lo diré, pero no puedes reírte.
—Prometo no hacerlo.
Max levantó los ojos al cielo, como maldiciendo su alma, o la suya más bien, y luego dijo a toda prisa:
—Quiero tener un club de fútbol.
Lo había dicho como un niño, soltándolo a toda velocidad para no perder el valor, y el corazón de Darcy se encogió de nuevo.
—Gracias. Ahora podemos irnos.
Dos hombres los ayudaron a subir a la cesta junto con el piloto y entonces, de repente, empezaron a elevarse hacia el cielo. Darcy apretó el borde de la cesta, con los ojos abiertos de par en par mientras el suelo empezaba a desaparecer.

Sentía a la vez emoción y puro terror. Max estaba a su lado, pero no podía mirarlo porque temía lo que pudiera ver en sus ojos.

Su padre le había prometido mil veces hacer un viaje en globo y nunca había ocurrido. Y allí estaba, con su marido. Salvo que no era su marido de verdad.

Max apretó su mano.
—¿Estás bien?
—Sí, de maravilla —respondió ella, cuando pudo controlar sus emociones.

A lo lejos podía ver las cumbres nevadas de los Alpes mientras el piloto señalaba el lago Como y otros lagos más pequeños.

Darcy estaba en trance. Jamás había experimentado tal sensación de paz.

—¿Es tu primer viaje en globo? —le preguntó a Max cuando pudo apartar los ojos del maravilloso paisaje.

Él asintió, apoyando un codo en el borde de la cesta. De modo que no lo había hecho con ninguna otra mujer...

—¿No te pone nervioso estar tan lejos de un teléfono y de Montgomery? —bromeó, para picarlo.

Max sacó el móvil del bolsillo, comprobó que no había cobertura y luego volvió a guardarlo.

—No.

Parecía extrañamente alegre y Darcy se maravilló ante aquel hombre nuevo y relajado.

El cielo iba iluminándose poco a poco, pasando del rosa al dorado cuando el sol empezó a levantarse sobre los Alpes.

Max le ofreció una copa de vino espumoso, que también ofreció al piloto, pero el hombre la rechazó amablemente.

Después de brindar, Max se apoderó de sus labios y Darcy cayó en una vorágine que tenía un poco que ver con el hecho de estar suspendidos sobre la tierra en un globo flotante.

Solo sus bocas se tocaban, pero sentía como si estuviese acariciando su piel desnuda. Cuando se apartó, tuvo que agarrarse al borde de la cesta porque temía salir volando. Se decía a sí misma, con cierta desesperación, que solo lo había hecho para que lo presenciase el piloto, para guardar las apariencias.

Tomó un sorbo de vino y las burbujas explotaron en su garganta. No podría estar más borracha si hubiera bebido tres botellas de golpe.

Siguieron bebiendo y disfrutando del paisaje en agradable silencio. De vez en cuando, el piloto señalaba algo y Max le hacía alguna pregunta sobre el funcionamiento del aparato.

Darcy ni siquiera sabía que estuviera temblando

hasta que Max le quitó la copa de la mano y se colocó tras ella, envolviéndola con sus brazos.

Enredó los dedos con los suyos mientras inclinaba la cabeza para besar su cuello y Darcy tembló de nuevo, pero en aquella ocasión no era de frío.

Se quedaron así durante largo rato, hasta que el piloto anunció que debían volver porque el aire empezaba a calentarse.

Darcy se alegraba de que no pudiera ver su cara porque sus ojos se habían llenado de lágrimas. No quería que aquello terminase nunca.

El viaje de vuelta le pareció demasiado rápido, pero poco después empezaron a descender. Aterrizaron con un suave golpe y un saltito antes de que el equipo sujetase la cesta mientras ellos bajaban.

Max la tomó por la cintura, pero no la soltó cuando estaba en el suelo. Algo en sus ojos la mantenía cautiva, pero al darse cuenta de que tenían público se apartó para acercarse al piloto y darle un impetuoso beso en la mejilla.

–Sé que debe estar acostumbrado, pero de verdad ha sido mágico para mí. Muchas gracias.

El hombre parecía encantado, pero algo avergonzado.

–Uno nunca se acostumbra a esto. *Grazie, signora* Roselli.

Cuando Max apretó su mano para dirigirse al coche, Darcy había tomado una decisión. Era como si el viaje en globo, con su perspectiva única, le hubiera mostrado lo frágil que era la vida, lo absurdo que era no disfrutar de los momentos preciosos, por limitados que pudieran ser.

Seguir negándoselo a sí misma después de lo que acababa de experimentar la hacía sentir pánico, como si algo increíblemente precioso se le escapase de las manos para siempre. Y le daban igual las consecuencias.

Max se detuvo al lado del coche con expresión decidida.

–¿Lista para la segunda parte de la sorpresa?

Ella enarcó una ceja. Era capaz de haber organizado un viaje a Venecia.

–No, no quiero más sorpresas.

Una cadena de expresiones cruzó el rostro de Max: irritación, desilusión, renovada determinación.

Darcy tomó aire.

–Ya me has cortejado y seducido, Max. Ni siquiera me importa que ese viaje en globo fuese una maniobra maliciosa por tu parte. Me ha gustado mucho y quiero darte las gracias. Además, estoy cansada de pelearme contigo. Te deseo. Llévame a la villa.

Max no estaba seguro de haber conducido en línea recta hasta la villa, pero apretó la mano de Darcy durante todo el viaje, en silencio, ya que la anticipación saturaba el aire entre los dos.

En su rostro había una tensión similar y eso lo enardecía. *Dio*. Deseaba tanto a aquella mujer. Más de lo que nunca había deseado nada.

Una vocecita intentó advertirle del peligro, pero decidió ignorarla.

Darcy lo había acusado de organizar el viaje en globo con aviesas intenciones y, en otra ocasión, podría haber estado en lo cierto, pero se le había ocurrido el día anterior, cuando estaban en el tejado del Duomo, en Milán, y ella se había llevado una desilusión al no poder ver los Alpes.

Y la experiencia lo había conmovido más de lo que esperaba. Nunca había visto la tierra desde arriba salvo en un avión, y jamás perdía el tiempo mirando por la ventanilla. Tenía que apuntalar sus fondos, su reputación. Observar la tierra le había parecido peligrosamente insustancial mientras iba de una reunión a otra.

Max sabía que su matrimonio con Darcy no estaba yendo como él había esperado cuando se lo propuso. Estaba apartándose del objetivo, pero en aquel momento no podía importarle menos. Lo único que le importaba era Darcy y que sería suya.

Cuando llegaron a la villa, Darcy solo podía pensar en una cosa: Max. Había decidido dejar de luchar contra él, y contra sí misma. Su deseo había sido liberado y era temible.

Él no soltó su mano mientras entraban en la villa y saludaban a Julieta, sorprendida al verlos de vuelta tan pronto. Evidentemente, Max tenía más planes para ese día, pero Darcy estaba demasiado excitada como para que eso le importase.

Cuando le dijo que podía tomarse el resto del fin de semana libre si había suficientes provisiones en la cocina, Darcy se ruborizó. Porque era evidente lo que iban a hacer y por qué querían que se fuera.

Pero la mujer se marchó alegremente después de hacerles prometer que la llamarían si necesitaban algo. Al parecer, estaba acostumbrada a esas instrucciones.

Cuando desapareció y la villa quedó silenciosa, Darcy lo miró a los ojos. En unos segundos estaba en sus brazos, sus bocas unidas, la desesperación arañando el sitio más profundo y ardiente de su cuerpo.

Después de largos y embriagadores besos se apartaron y Max dijo con voz ronca:

—No vamos a hacerlo en el pasillo.

Antes de que ella pudiese objetar la tomó en brazos y subió las escaleras de dos en dos. El sol entraba por las ventanas del dormitorio, bañándolos con su luz dorada, y Darcy dejó de preguntarse si él la deseaba de verdad.

La dejó en el suelo y se quitó el jersey a toda prisa mientras ella miraba su torso desnudo, ancho y musculoso, cubierto de un suave vello rubio oscuro.

Darcy no sabía si estaba respirando, pero seguía de pie, de modo que sí así debía ser. Alargó una mano para tocarlo y notó que contenía el aliento cuando rozó uno de sus planos pezones con la uña.

Se sorprendió al ver una pregunta en sus ojos. Había esperado que se aprovechase de forma despiadada, sin darle tiempo para cambiar de opinión, para detener la marea de peligrosas emociones. Pero antes de que pudiese preguntar, puso una mano sobre su boca.

–Sé quién eres, se quién soy yo y sé lo que quiero: a ti.

Era su forma de decir que sabía que él la olvidaría cuando la hubiese tenido, pero le daba igual. Si no lo desease tanto en ese momento podría odiarse a sí misma por olvidar su amor propio.

Max tiró de su camiseta y luego apartó la cinta que sujetaba su pelo, que cayó en suaves ondas sobre sus hombros.

–*Bella* –murmuró con voz ronca, mirando el sujetador de encaje.

Darcy echó los brazos hacia atrás para desabrocharlo y lo dejó caer al suelo. No pudo evitar un gemido de placer cuando Max acarició sus pechos desnudos, empujando los voluptuosos montículos para rozar sus pezones con los pulgares. Nunca se había sentido tan agradecida por sus curvas como en ese momento.

Ansiosa, desabrochó el botón de sus vaqueros, notando que los músculos de su vientre se contraían ante el roce de sus dedos. Era emocionante saber que podía hacerle eso.

Él inclinó la cabeza para explorarla con su perversa lengua, como memorizando su forma y cómo su carne temblaba ante ese roce.

Darcy se sentía torpe mientras acariciaba el duro

miembro por encima de la tela del calzoncillo. Por fin, pudo tirar de los pantalones, pero tuvo que detenerse porque Max tenía uno de sus pezones entre los dientes.

Las piernas no la sujetaban y cayó sobre la cama. Max se quedó de pie, su torso subiendo y bajando rápidamente mientras se quitaba los vaqueros y los calzoncillos. Y Darcy abrió los ojos como platos al ver su impresionante erección.

Tenía que hacer un esfuerzo para contener su impaciencia mientras él la desnudaba del todo. Ningún encandilamiento adolescente podría haberla preparado para aquel momento. Sentía como si estuviera ardiendo por dentro y por fuera mientras admiraba el perfecto cuerpo masculino de músculos marcados y virilidad larga y gruesa, enterrada entre sus fuertes muslos. De verdad parecía un guerrero de otros tiempos.

La tensión entre sus piernas se intensificó y, sin darse cuenta de lo que hacía, las abrió en un tácito ruego porque necesitaba a aquel hombre dentro de ella.

Max masculló una palabrota mientras sacaba algo de la mesilla. Un preservativo, que se puso con manos expertas antes de colocarse sobre ella, con un brazo bajo su espalda.

–Estoy ardiendo, Darcy. La primera vez no podré ir despacio.

Ella se sentía atrapada en las garras de algo primitivo.

–No quiero que vayas despacio. Te necesito... ahora.

Durante una décima de segundo todo quedó como suspendido... pero entonces Max la embistió con tal fuerza que Darcy dejó escapar un grito, arqueando la espalda para recibir la invasión.

–*Dio*... ¿te he hecho daño? Eres tan estrecha.

–No, no –se apresuró a decir ella, enredando las piernas en su cintura–. No pares...

El dolor inicial desaparecía poco a poco. Nunca se había sentido tan dilatada, tan llena. Y mientras Max se movía adelante y atrás, todos sus músculos temblaban por el esfuerzo de sujetarse para combatir la tormenta.

Max metió una mano entre ellos y, cuando encontró su centro, empezó a acariciarlo sin dejar de moverse.

—Tu primero... luego me dejaré ir.

Darcy lo miró a los ojos mientras, por fin, renunciaba al control y el orgasmo fue tan potente que, por un momento, creyó haber perdido el conocimiento. Sus sentidos estaban embotados cuando Max cayó sobre ella, los dos jadeando en la silenciosa habitación.

Cuando el cielo empezaba a teñirse de naranja, volvieron a hacer el amor. Lentamente, tomándose su tiempo para aprenderlo todo el uno del otro. Max exploró su húmeda cueva con los dedos hasta que la oyó jadear y entonces, colocándose sus piernas en la cintura, se enterró en ella del todo. El placer de estar tan estrechamente ceñido era indescriptible.

Darcy apartó el pelo de su frente con una mano mientras con la otra apretaba sus hombros, animándolo. Era un baile lento, largo, pero el *crescendo* sorprendió a Max por su intensidad.

Cuando tuvo fuerzas suficientes para volver a moverse, se tumbó de espaldas y envolvió a Darcy entre sus brazos. No pensaba en nada, solo experimentaba una deliciosa y desconocida sensación de júbilo.

Cuando Darcy despertó aún era de noche y, durante unos segundos, no reconoció la habitación en la que estaba. Pero entonces se movió y sus músculos más íntimos protestaron.

Max. Entrando en ella tan profundamente que había sido incapaz de contener un grito de placer... lo recordó todo entonces: la desesperación de la primera vez, seguida de una lujuriosa y lenta exploración...

Se sentó en la cama, mirando la habitación bañada por la luz de la luna. No oía ruido en el baño, de modo que se levantó para tomar la bata a los pies de la cama.

Cuando abrió la puerta, un delicioso olor llegó a su nariz y lo siguió instintivamente hasta la puerta de la cocina.

Max, con un pantalón de chándal y una camiseta, movía algo en una cacerola mientras canturreaba por lo bajo.

–Hola –Darcy se quedó en la puerta, sintiéndose ridículamente cortada.

Él la miró con los ojos brillantes.

–*Ciao, bella*.

–¿Qué hora es?

–Las tres de la mañana. Debes tener hambre.

Había un brillo travieso en sus ojos y Darcy tuvo que contener el deseo de sacarle la lengua. Estaba muerta de hambre, pero no pensaba admitirlo.

–Un poco.

–Mentirosa –Max rodeó la isla para besarla y luego volvió a remover el contenido de la cacerola.

–¿Qué estás haciendo? –le preguntó Darcy, con el corazón acelerado. Porque ese beso le decía que esa mutua... lo que fuera que había entre ellos, seguía allí.

–Pasta de *funghi porcini* con una salsa cremosa de vino blanco.

Unos minutos después, probó la pasta *al dente* y los sabores explotaron en su lengua. Todo le parecía increíblemente decadente, como si fuera una especie de ilícita bacanal.

Cuando terminaron la pasta, tomó un sorbo de vino y preguntó:

–¿Cuál era la otra sorpresa que me he perdido?

Max se echó hacia atrás, sonriendo.

—Creo que no mereces saberlo.

Darcy metió los dedos en su vaso de agua y le echó unas gotas en la cara.

—Eso es injusto —protestó, haciendo un puchero—. Yo he dejado que me hicieras lo que quisieras.

—Eso es verdad —asintió él, riendo—. Si hubiera sabido que sería tan fácil... —añadió, tomando el vaso de agua.

—No te atreverás...

Pero lo haría. Claro que lo haría.

—Max, para. Somos adultos... y esta no es nuestra cocina —Darcy se levantó de la silla para esconderse tras la isla.

Él se levantó, enarcando una ceja.

—No puedes mojarme y esperar que no me vengue.

Darcy intentó llegar a la puerta, pero él la agarró por la cintura con una mano y la sentó en la mesa de la cocina, sin soltar el vaso de agua.

—Ábrete la bata.

—Max...

—Ábrela, o lo haré yo.

Con menos reticencia de la que debería, Darcy desató el cinturón y abrió la bata, dejando al descubierto sus pechos desnudos. Max esbozó una sonrisa perversa mientras, lenta y deliberadamente, inclinó el vaso hasta que un hilillo de agua chorreaba sobre sus pechos.

Darcy dejó escapar un gemido, casi sorprendiéndose de que el agua no chisporrotease en contacto con su piel.

Sus pezones se levantaron como duras cumbres bajo esa deliciosa tortura y, cuando el agua rodaba por su vientre y entre sus piernas, hasta el sitio que ardía de verdad, él dejó el vaso y le quitó la bata, desnudándola del todo.

Apoyando las dos manos sobre la mesa, y manteniéndola cautiva, inclinó la cabeza para atormentarla con su maliciosa lengua, metiendo los pezones en su boca por turnos hasta que Darcy le suplicó que parase.

Él esbozó la sonrisa más perversa.

—Aún no hemos empezado, *dolcezza*... túmbate en la mesa.

Incapaz de permanecer erguida, Darcy obedeció y sintió que Max abría sus piernas para colocarse entre ellas, desnudándola del todo ante su mirada.

Besaba sus pechos, su estómago, sujetando sus piernas abiertas mientras inclinaba la cabeza para buscar su húmedo centro y lamerlo con pecadora precisión mientras ella levantaba las caderas de forma incontrolable hacia su boca...

Más tarde, de vuelta en el dormitorio, volvieron a hacer el amor. Una y otra vez.

Darcy levantó la cabeza y le preguntó, con tono adormilado:

—¿Vas a decírmelo ahora?

Max rio.

—Debería haber sabido que no lo olvidarías.

Ella apoyó la barbilla en su mano.

—¿Y bien?

—Había preparado un viaje a Venecia. Íbamos a dar un paseo en góndola y, por la noche, nos alojaríamos en un hotel del Gran Canal —Max levantó la cabeza y la miró con una expresión enternecedoramente triste, tan extraña en él—. Habría sido el peor de los clichés, ¿verdad?

El corazón de Darcy se encogió dolorosamente.

—Sí —susurró— pero habría sido precioso.

Luego inclinó la cabeza y fingió que se quedaba dormida porque le daba pánico admitir lo completamente que Max la había seducido.

Capítulo 9

A LA MAÑANA siguiente, Darcy despertó al sentir la suave caricia de una mano en sus nalgas. Arqueó la espalda, esperando animarla a seguir explorando, pero en lugar de eso recibió un azote.

Irritada, levantó la cabeza, parpadeando para acostumbrarse a la luz. Max, claro. Guapísimo sin afeitar, pero vestido.

−¿Y eso?

−Eso ha sido para levantarte de la cama. Quiero llevarte al lago.

La palabra «lago» hizo que Darcy se quedase inmóvil.

−No... estoy cansada. ¿Por qué no vas tú solo? Luego me lo contarás, cuando vuelvas.

Él la miró con cara de sorpresa.

−¿Por qué no quieres ir al lago? He notado que apenas lo mirabas.

Ella se sentó en la cama, sintiéndose en desventaja al estar tumbada.

−Tengo problemas con el agua. No sé nadar −le confesó.

−Algunos pescadores no saben nadar porque creen que si el mar se los traga, eso es lo que les tenía deparado el destino. Pero no evita que salgan a pescar.

Darcy suspiró pesadamente.

−Estuve a punto de ahogarme cuando era niña. Teníamos una piscina en casa y mi padre estaba enseñándome a nadar. Mi madre apareció entonces, empezaron a pelearse... y se olvidaron de mí. No sé qué pasó, pero de repente empecé a hundirme como una piedra y ellos estaban tan ocupados discutiendo que no se dieron cuenta. El agua me aplastaba, sentía una presión en el pecho... y luego todo se volvió negro.

No se había dado cuenta de que estaba hiperventilando hasta que Max enredó los dedos con los suyos.

–Darcy, no pasa nada... respira.

Ella tomó aire.

–Por eso no quiero ir al lago.

Max lo pensó un momento y luego le preguntó:

–¿Confías en mí?

–Pues claro que no –bromeó ella.

–¿Confías en que no dejaría que te pasara nada?

Físicamente, sí. Emocionalmente, no.

Maldita fuera. Darcy se dio cuenta de que estaba enamorada de él. Era una desgracia para las mujeres. Un viaje en globo y el sexo más ardiente del mundo y...

–¿De acuerdo?

Ella parpadeó. No había oído una sola palabra.

–¿Qué?

–Quiero llevarte a un sitio y prometo que no tendrás que hacer nada que no quieras hacer, ¿de acuerdo?

En aquel momento, incluso un lago era preferible a quedarse sola sabiendo lo que sabía.

–De acuerdo.

Y así fue como, unas horas después, se encontró en bañador, temblando de miedo frente a una piscina infantil en un parque temático próximo a la villa. Max estaba en el agua, diciendo:

–No te va a pasar nada, aquí haces pie. Siéntate en el borde y entra poco a poco.

Más por no parecer tonta que por otra cosa, Darcy se

sentó al borde de la piscina. Empezó a temblar, recordando cómo el agua se la había tragado...

Pero lentamente, y con más paciencia de la que hubiera esperado, Max la ayudó a entrar en el agua.

—¿Lo ves? Haces pie, no hay ningún peligro.

La convenció para que se tumbase, a lo que ella solo accedió porque la tenía sujeta, dándole instrucciones, diciéndole cómo debía mover los pies. Y Darcy empezaba a sentirse cómoda flotando.

—¿Darcy?

—¿Mmmmm?

Era tan agradable estar flotando así...

—Mira.

Cuando levantó la cabeza vio que Max tenía las manos en el aire. Tardó un momento en darse cuenta de que estaba flotando sin su ayuda y, cuando lo hizo, empezó a hundirse, pero él la tomó por la cintura.

—No pasa nada. Haces pie, no vas a ahogarte.

—No puedo creer que me hayas soltado.

—Estabas bien, empezarás a nadar enseguida.

Darcy miró alrededor. La piscina estaba vacía y, sonriendo, se apretó contra su torso.

—Se me ocurre una forma de olvidarme del agua.

Le echó los brazos al cuello, suspirando de satisfacción cuando él se apoderó de su boca. Luego enredó las piernas en su cintura y procedieron a hacer cosas muy adultas... hasta que la discreta tos de un empleado los obligó a separarse, como si fueran dos adolescentes en celo.

Esa noche, después de que Darcy le mostrase su gratitud de forma muy imaginativa, Max no podía dormir.

Su cuerpo seguía bullendo de placer, pero no experimentaba la inquietud que solía preceder a la despedida.

Muy bien, de acuerdo, sabía que no podía despedirse porque estaban casados, fuese un matrimonio real o no. ¿Pero era eso? No. Sentiría lo mismo si Darcy y él estuviesen manteniendo una aventura y esa revelación era turbadora.

Ninguna mujer había sido capaz de retenerlo después de la conquista inicial. Si continuaba la relación era porque servía algún propósito, nada remotamente romántico.

Pero Darcy... nunca se había preocupado tanto por hacer feliz a una mujer. Y su capitulación final no había sido dulce sino rápida, furiosa e intensa.

Incluso agotado, sabía que si despertaba estaría dispuesto a hacerle el amor de nuevo. Y al día siguiente, y el otro.

Maldiciendo en silencio, se levantó de la cama y bajó a la terraza. El hermoso panorama del lago debería haberlo calmado, pero no dejaba de recordar la expresión asustada de Darcy mientras intentaba enseñarla a nadar.

Inferno. ¿Desde cuándo se metía él en una piscina pública para enseñar a alguien a nadar? Sin embargo, no podía negar la satisfacción que había sentido al verla perder el miedo. Una satisfacción que solía reservar para los éxitos profesionales.

Se quedó helado al pensar que ni siquiera se reconocía a sí mismo en ese momento. ¿Quién era esa persona que hacía peticiones de matrimonio? ¿Quién perseguía a una mujer por la cocina con un vaso de agua?

Sintió un escalofrío en la espina dorsal cuando un recuerdo se abrió paso en su mente. Él llorando, sintiendo como si el corazón se le escapase del pecho, las piernas temblando... y su madre sujetándolo. «Deja de lloriquear, te llevaré conmigo».

Una vez se había dejado llevar por la emoción y había pagado un precio muy alto por ello.

Y recordó el día que se encontró en París con sus viejos enemigos, mientras buscaba comida en un cubo de basura. Era uno de esos momentos en los que el destino se había reído literalmente en su cara para torturarlo.

Uno de ellos le había dado un billete de cinco euros, pero Max lo había roto antes de tirarlo al suelo y escupir sobre los pedazos.

No había necesitado a nadie entonces y no necesitaba a nadie en ese momento. Él sabía mejor que nadie que la vida podía ser tan caótica y aleatoria como una tirada de dados.

Pero él había cambiado su destino y tenía el poder de dictar su futuro.

No iba a dejar que se le escapase de las manos porque había olvidado sus prioridades durante unos días, pensó, furioso consigo mismo.

Darcy era la culpable. Había olvidado lo más importante: que solo era un medio para conseguir un fin.

A la mañana siguiente, durante el vuelo de vuelta a casa, Darcy se dio cuenta de que algo había cambiado.

Max había vuelto a ser el antipático y abrupto jefe. Estaba levantado cuando despertó, vestido y con la maleta hecha.

—Deberías haberme despertado.

—Tenía trabajo que hacer —respondió él con tono helado—. Nos iremos en media hora.

Entendía que tuviera prisa porque la fiesta de Montgomery tendría lugar en unos días, pero era como si hubiese completado una misión y, después de seducirla, estuviera dispuesto a seguir adelante como si no hubiera pasado nada.

Lo había esperado, pero no había esperado que fuese tan brutalmente obvio.

¿Había sido un sueño o aquel hombre había agarrado sus caderas tan fuerte que aún tenía las marcas de sus dedos? ¿Había imaginado que se enterraba en su cuerpo una y otra vez hasta llevarlos a los dos al precipicio?

No, porque había visto las marcas en el espejo del baño y aún sentía un ligero escozor en ciertas partes.

Darcy se sentía rota, como si las piezas que Max había desarmado jamás pudieran volver a reunirse.

Tal vez lamentaba aquel fin de semana. Tal vez se había dado cuenta de que ella no merecía el esfuerzo, las compras, el viaje en globo. Pero aunque así fuera, no iba a lamentarlo. Porque había sido su decisión.

–¿Darcy? –Max la miraba con el ceño fruncido–. Necesito que tomes unas notas.

–¿Entonces ya está? La luna de miel ha terminado y estamos de vuelta en el trabajo.

–¿Qué esperabas?

–El viaje en globo...

Max se encogió de hombros.

–Tú sabías que te quería en mi cama a toda costa.

Un dolor increíble perforó su corazón.

–Ya veo.

Por un momento, Darcy pensó que iba a vomitar, pero logró contenerse. Tenía que alejarse de él porque no era lo bastante fuerte como para soportar la realidad.

Se levantó, murmurando que iba al baño, y una vez allí se miró al espejo.

«Has sido una tonta». ¿Cómo podía haber olvidado que aquel hombre era brutal? Debía haberse reído cuando ella prácticamente le suplicó que le hiciera el amor tras su *pièce de résistance*, el viaje en globo. Una experiencia que quedaría para siempre manchada en su recuerdo después de eso.

Entonces recordó su paciencia en la piscina y, en esa ocasión, no pudo evitar perder el desayuno.

Cuando logró calmarse, volvió a mirarse al espejo. Tenía que controlarse. Se había perdido a sí misma por un momento y lo había hecho por voluntad propia, pero solo había sido un momento. Un fin de semana. No pasaba nada. Podía olvidar esa momentánea debilidad y seguir adelante porque en cuanto la tinta del acuerdo con Montgomery se hubiera secado, ella se iría de Roma.

Cuando llegaron a su apartamento, Max desapareció en el estudio y Darcy salió a dar un largo paseo por el centro de la ciudad, pero cuando volvió no había encontrado sosiego ni en su cabeza ni en su corazón.

Max seguía trabajando, de modo que se fue a la cama, intentando convencerse de que algún día superaría el dolor.

A medianoche, cuando estaba a punto de quedarse dormida, Max entró en la habitación.

Darcy se apoyó en un codo, airada.

–¿Qué haces aquí?

–¿Por qué no estás en mi cama?

–Porque no quiero –respondió ella–. Tú has dejado bien claro que, después de consumar la relación, no te apetece ser cariñoso.

Max se acercó a la cama.

–Yo nunca prometí ser cariñoso. ¿Vas a venir a mi cama?

–No –respondió ella.

Max salió de la habitación y Darcy dejó escapar un suspiro de desencanto. Era patética.

Pero se quedó boquiabierta cuando, unos minutos después, volvió a entrar con su bolsa de aseo en la mano.

Lo miró, perpleja, mientras procedía a quitarse la ropa y se metía en la cama, tan despreocupado por su desnudez como solo podía estarlo la gente más bella.

–La luna de miel ha terminado, pero esto no –murmuró, con un brillo perverso en sus ojos dorados.

Darcy tuvo una décima de segundo para decidir si debía hacerse la ofendida y resistirse a sus arrogantes caricias o utilizarlo como la utilizaba él. Tenerlo hasta que se hubiera cansado.

En fin, esa fue la débil lógica que usó mientras se lanzaba de cabeza al fuego.

Cuando despertó por la mañana y su vocecita interior estaba a punto de masacrarla por su debilidad, Darcy decidió ignorarla. Se dijo a sí misma que podía hacerlo. Max no era el único que podía ser frío y despiadado.

A medida que se acercaba el aniversario de los Montgomery, los días de trabajo se alargaron. Y las noches... la pasión que había entre ellos parecía arder con más fuerza en cada encuentro. Y su enojo con Max parecía acrecentar esa pasión hasta dejarla agotada y temblando.

Algunas noches, Max parecía olvidar el papel que estaba haciendo y la apretaba contra su corazón, sus brazos como prensas. Era en esas noches cuando Darcy sabía que se engañaba a sí misma.

Tendría que pagar un precio muy alto por aquel juego. Sabía que no era lo bastante fuerte como para mantenerlo indefinidamente y que tendría que terminar antes de que le rompiese el corazón.

Pero en aquel momento...

La finca de Cecil Montgomery, al norte de Inverness

Darcy, sin aliento, se detuvo para admirar el paisaje, que era espectacular y calmaba un poco su nerviosismo. Colinas y montañas hasta donde alcanzaba la vista, y pequeños lagos aquí y allá como piscinas negras mientras las nubes se deslizaban por un cielo azul.

Era un verano típicamente escocés y no había dejado de llover desde que llegaron un par de días antes, pero ese día había salido el sol y el campo estaba precioso.

Darcy disfrutaba de la rara oportunidad de estar sola. Se había cansado de que Max le contagiase la tensión.

El viejo Montgomery estaba haciéndose el duro hasta el final. La fiesta tendría lugar esa noche y aún no sabían cuál sería su decisión. Para empeorar las cosas, había otros candidatos invitados. Darcy casi sentía pena por Max, pero entonces pensó en la sensual tortura a la que le había sometido la noche anterior y la pena quedó olvidada.

Se sentó sobre la hierba, apartando el pelo de su cara. Allí, frente a aquel magnífico y silencioso telón de fondo, no podía seguir huyendo de su conciencia y su corazón.

A pesar de todo, se había enamorado de Max. Era increíble que pudiera enamorarse de alguien tan despiadado y, sin embargo, su patético corazón aún seguía creyendo que el Max que había visto durante el fin de semana en Como era real...

Una cosa que sabía con certeza era que se engañaba a sí mismo tanto como a los demás. Tenía sentimientos, pero estaban tan profundamente enterrados en su interior, tan escondidos, que sacarlos a la superficie sería como sacar diamantes de una mina.

Su instinto siempre le había advertido contra el amor por el dolor que provocaba y tenía que hacer algo. Él le había roto el corazón como el donjuán que era, pero no iba a dejar que continuase.

A Max no le gustaría nada, pero se le pasaría. Tendría que ser así porque nada iba a hacerle cambiar de opinión. Ni siquiera sus habilidades de seductor.

Esa noche Darcy estaba nerviosa y Max le dijo al oído:
—Deja de moverte.

Iban del brazo, como correspondía a dos recién casados, y ella lo fulminó con la mirada.

Unos minutos antes, mientras Max charlaba con unos colegas, Jocasta Montgomery se había acercado para decirle:

–Vaya, parece un hombre nuevo, querida. Antes siempre era tan sombrío.

En ese momento vio a Max riendo alegremente y se le encogió el estómago. ¿De verdad era diferente?

Pero decidió apartar de sí ese pensamiento.

Llevaba el vestido azul que había comprado en Milán. Cuando lo vio colgando en el vestidor del apartamento se le había encogido el corazón al recordar a un Max mucho más alegre y risueño.

No quería ponérselo, pero él había insistido. Y el brillo de sus ojos cuando se lo puso había acelerado su corazón.

–Si no llegásemos tarde para la cena cerraría la puerta de la habitación, te quitaría el vestido y te haría el amor. Pero no sé si podríamos salir de aquí en toda la noche –le había dicho con voz ronca.

«¿Qué importa una noche más?», le dijo una vocecita. Pero Darcy la rechazó. No podía estar una noche más con él.

En ese momento estaban brindando por Cecil Montgomery, su sonriente esposa, sus cuatro hijos y sus muchos nietos. Y a Darcy se le encogió el corazón. La felicidad existía para algunas personas, muy pocas.

Entonces sintió que Max se ponía tenso a su lado. Era hora del anuncio.

Con intención de darle emoción al gran momento, Montgomery empezó a hacer un largo recuento de su carrera. Darcy miró a Max de soslayo y vio que su rostro era totalmente inexpresivo.

–Como muchos de vosotros sabréis, el trabajo de mi

vida ha sido proteger e incrementar la herencia de mi familia, el legado para mis hijos y mis nietos. Por no hablar de nuestro importante esfuerzo filantrópico – Montgomery se aclaró la garganta–. En estos momentos de incertidumbre económica se necesita el consejo de los expertos para asegurar el crecimiento y la protección de los activos privados y esta herencia no es solo el trabajo de mi vida sino también el de mis antepasados. Ha sido de gran importancia elegir a alguien teniendo eso en cuenta. Alguien que entienda la importancia de la familia y el legado generacional.

Montgomery hizo una dramática pausa y luego tomó aire.

–Solo hay una persona a la que confiaría una responsabilidad tan grande y estoy encantado de anunciar que esa persona es.... Max Fonseca Roselli.

Darcy notó la emoción de Max, que prácticamente temblaba. Esperó que la mirase, que le sonriera... algo, aunque solo fuera para guardar las apariencias, pero él soltó su brazo y se acercó a Montgomery para estrechar su mano.

Fue como un bofetón, la clara señal del sitio que ocupaba en su vida. Y entendió entonces que durante todo ese tiempo había albergado la patética esperanza de que Max sintiera algo por ella.

Mientras todo el mundo felicitaba tanto a Max como a Montgomery, Darcy aprovechó para salir del salón y caminar a ciegas por el castillo, con los ojos empañados, pero negándose a dejar que las lágrimas rodasen por su rostro.

No lloraría por aquel hombre. No lo haría.

Max maldijo en silencio. ¿Dónde estaba? Darcy era pequeña, pero se había dado cuenta de que tenía la extraña habilidad de localizar su brillante pelo castaño entre la gente.

La recordó en el dormitorio unas horas antes, el vestido azul abrazando su cuerpo de tal modo que lo había hecho sentir un deseo animal. Y casi había olvidado por qué estaba allí. Casi.

Experimentaba una sensación de alivio y de triunfo mientras se abría paso entre la gente, aceptando felicitaciones y palmaditas en la espalda, pero no lo disfrutaba como había imaginado porque estaba distraído.

¿Dónde había ido Darcy?

Estaba a su lado cuando Montgomery pronunció su nombre y su primer instinto había sido volverse hacia ella para darle las gracias. Lo había conseguido gracias a ella.

Y había querido compartirlo con ella.

Una extraña emoción se había apoderado de él, haciendo que sus ojos se empañasen. Horrorizado, se había dado cuenta de que estaba a punto de ponerse a llorar como un niño... y a punto de dejar que Darcy lo viera. Por eso se había apartado en el último segundo. No quería que lo viera así, no estaba preparado para el escrutinio de esos ojos azules que veían demasiado.

Pero Darcy no estaba allí y Max salió del salón sintiéndose extrañamente inquieto.

Cuando abrió la puerta del dormitorio, esa inquietud se convirtió en pánico. Darcy apenas levantó la mirada cuando entró. Se había quitado el vestido y llevaba un pantalón negro y un jersey, el pelo sujeto en una coleta. Parecía una cría de dieciséis años... y estaba haciendo la maleta.

Max se cruzó de brazos, como si eso pudiera aliviar el nudo que tenía en el pecho.

—¿Qué estás haciendo?

Ella lo miró con gesto inexpresivo.

—Me marcho.
—Creo que podría haberlo deducido yo solo.
Darcy se encogió de hombros.
—Si es tan obvio ¿para qué preguntas?
Max empezó a enfadarse de verdad. Darcy se iba y no le gustaba experimentar esa sensación de pánico. Él no sentía pánico.
—¿Qué ha pasado? Acaban de hacer el anuncio, aún no han servido la cena siquiera.
Darcy cerró la cremallera de la maleta y se volvió para mirarlo. Por un momento le pareció ver un brillo en sus ojos, pero desapareció enseguida.
—Se acabó, Max —anunció—. Creo que ya he cumplido con mi parte como tu esposa de conveniencia. Pero si ni siquiera eres capaz de reconocerme en tu momento de gloria, es evidente que ya no me necesitas.
El miedo lo dejó sin habla. Había metido la pata.
—Sé que no podría haber conseguido esto sin ti...
Ella rio, pero era una risa amarga.
—Claro que sí. Creo que Montgomery ha disfrutado haciendo que lo pasaras mal. No hay muchos tratos por los que Max Fonseca Roselli tenga que pasarlo mal, estoy segura.
Darcy tomó su chaqueta, que estaba sobre el respaldo de una silla, mirándolo a los ojos.
—¿Qué esperabas que hiciese? El trato está cerrado, así que ya está. Lo has conseguido. No tenemos que seguir interpretando esta farsa.
Max tragó saliva, nervioso.
—No vas a quedarte esta noche siquiera.
No era una pregunta sino una afirmación.
Darcy negó con la cabeza, su brillante coleta moviéndose de lado a lado.
—No. Ya te he dado demasiado tiempo.
¿Era su imaginación o hablaba con voz entrecor-

tada? Max no estaba seguro porque solo podía oír el latido del pulso en sus oídos. Estaba a punto de hacer algo... ¿pedirle que se quedase? Pero como ella había dicho, ¿para qué? ¿Qué quería de ella? ¿Y qué era aquella aterradora emoción que amenazaba con ahogarlo?

Solo se había sentido así una vez en toda su vida; con su madre, mostrando toda su vulnerabilidad y su dolor. Y su vida no había vuelto a ser la misma.

No iba a hacerlo por nadie más. Acababa de llegar a la cima del éxito. ¿Para que necesitaba a Darcy? Tenía todo lo que siempre había querido. Podía seguir adelante y vivir su vida sabiendo que era intocable, que había sobrepasado a todos los que dudaban de él. A todos los que lo habían maltratado y humillado.

Luca y él por fin estaban a la par, en sus términos.

Eso no le aportaba la satisfacción que había esperado, pero no quería pensar en ello. Quería seguir adelante sin esa incisiva mirada azul siguiendo cada uno de sus movimientos.

Que siguiera deseándola era irritante, pero se dijo a sí mismo que cuando estuviese fuera de su órbita ese deseo moriría, desaparecería.

Buscaría una nueva amante y empezaría de nuevo.

–Tendrás el dinero en tu cuenta el lunes –le dijo–. Mi abogado se encargará de los detalles del divorcio.

–Gracias –murmuró Darcy, evitando su mirada mientras tomaba la maleta.

Entonces sonó un golpecito en la puerta.

–El ama de llaves ha debido enviar a alguien para bajar mi maleta. El taxi está esperando.

Max hacía tal esfuerzo para esconder sus sentimientos que estaba un poco mareado. Como un robot, tomó la maleta antes de abrir la puerta para entregársela al joven que esperaba en el pasillo.

Y entonces Darcy pasó a su lado, tan cerca que su

aroma lo envolvió. Y el efecto fue tan inmediato que tuvo que apretar los puños para no abrazarla.

Maldita fuera. Quería perderla de vista, pero volvió a experimentar esa sensación de pánico...

Dio un paso atrás para dejarla salir. Intentó mostrarse solícito cuando lo único que deseaba era encerrarla en la habitación para que no pudiera irse.

¿Y entonces qué?, le preguntó una vocecita.

Otra respondió: «el caos».

—Buena suerte, Darcy. Si necesitas algo, solo tienes que llamarme.

—No lo haré, pero gracias —respondió ella con voz estrangulada, sin mirarlo—. Adiós, Max.

Capítulo 10

DARCY no sabía cómo lo había hecho, pero había logrado mantener la calma hasta que estuvo en la estación de Inverness y subió al tren para irse a Londres.

A medida que aumentaba la velocidad del tren, era como si el movimiento arrancase su piel para dejar al descubierto su corazón hecho jirones. Había tenido que echar mano de toda su fortaleza para mantener esa fachada inexpresiva delante de Max.

Había conseguido llegar al lavabo antes de que las lágrimas rodasen por su rostro, mientras el tren la alejaba cada vez más del hombre que la había utilizado para conseguir lo que quería.

Y no podía culparlo. Ella se había entregado por voluntad propia. Era ella quien había tomado la decisión.

Tres meses después

Darcy subió las escaleras del metro y salió a una calle tranquila, flanqueada por frondosos árboles en el norte de Londres. Bueno, en ese momento los árboles no tenían hojas porque estaban en otoño.

Después de caminar durante unos minutos se colocó las bolsas en una mano para sacar la llave del bolso y abrir el portal, experimentando una ya familiar sensación de alegría al entrar en su apartamento de dos dormitorios con jardincito privado.

Gracias al dinero de Max, la transacción había sido rápida y se había mudado tres semanas antes.

Max. Siempre estaba en sus pensamientos, pero no quería ahondar en ellos. Era como evitar mirar el sol por miedo a quedarse ciego.

Durante un mes después de irse de Escocia había tenido que ver su fotografía en todos los periódicos y revistas: el chico de oro del mundo de las finanzas, aceptado en las altas esferas donde la gente más poderosa del mundo aplaudía su genialidad.

La emoción que sintió al pensar que por fin debía haber encontrado algo de paz parecía reírse de ella al recordar otras fotografías en las columnas de cotilleos. Max acudiendo a varios eventos con una mujer distinta cada vez, todas bellísimas. El dolor era como una daga en su corazón, de modo que había dejado de comprar revistas.

Dejó las bolsas en la cocina con poco entusiasmo y decidió invitar a cenar a su vecino de arriba. John era la primera persona que la había hecho reír desde que dejó a Max.

–Cariño, eres la mejor. Estaba a punto de morir de hambre... literalmente –fue la entusiasta respuesta de su amigo.

Darcy empezó a preparar la cena, sintiéndose un poquito mejor.

Podía rehacer su vida. Podía hacerlo, se juró a sí misma mientras clavaba unas brochetas de pollo con más fuerza de la necesaria.

–Si alguna vez quieres hablarle al tío John sobre el canalla que te ha hecho tanto daño, bajaré unas cuantas cajas de vino y nos pondremos cómodos durante el fin de semana. Y lloraremos todo lo que quieras.

Darcy sonrió, intentando disimular la inevitable punzada de dolor.

−¿Es tan evidente?

John tomó un sorbo de vino, siguiéndola con los ojos mientras entraba en la cocina.

−Odio decir esto, cariño, pero sí. Tienes una carita de pena...

Estaba riendo cuando sonó el timbre.

−Será algún vecino −sugirió John.

Darcy abrió la puerta y se encontró con un hombre muy alto de pelo rubio alborotado, piel morena y ojos de color ámbar. Y una cicatriz en la cara.

La sonrisa desapareció de sus labios, remplazada por un gesto de sorpresa.

−Max.

−Darcy.

Oírlo pronunciar su nombre era como un chorro de miel caliente sobre su helado corazón.

−¿Puedo entrar?

Fue la sorpresa lo que hizo que se apartase como una autómata.

Darcy vio que se ponía tenso al ver a John.

−¿Interrumpo?

John había logrado cerrar la boca y estaba levantándose de la silla.

−No, yo ya me iba.

Se alegraba de que él hubiera contestado, porque ella no era capaz de articular palabra.

Cuando John desapareció, no sin antes apretar cariñosamente su mano, Darcy se dio cuenta de lo grande que parecía en su pequeño apartamento. ¿Siempre había sido tan grande?

−Has perdido peso −comentó él, casi con tono acusador.

Ella se dio la vuelta. Eso era lo último que había

esperado escuchar, pero resultaba irónico que alguien que pasaba tanto tiempo lamentando su figura hubiera conseguido perder seis kilos en los últimos meses sin intentarlo siquiera.

Se cruzó de brazos, enfadada de repente al verlo allí, invadiendo su espacio. Invadiendo sus pensamientos. Enfadarse con él era más fácil que analizar otras emociones más peligrosas.

—No creo que hayas venido hasta aquí para hablar de mi peso —le espetó, con el estómago encogido—. ¿Tiene algo que ver con el divorcio?

Aún no había recibido los documentos, pero esperaba recibirlos pronto.

Él negó con la cabeza, levantando una mano para pasarla por su pelo, el gesto tan familiar que tuvo que morderse los labios para contener un gemido.

—No, no tiene nada que ver con el divorcio... es otra cosa —Max empezó a pasear por el apartamento, como inspeccionándolo. Luego se volvió hacia ella con el ceño fruncido—. ¿Por qué no has comprado un piso más grande?

—No quería una hipoteca y este piso me gusta.

—Debería haberte dado dinero para un piso más grande.

—Max, ¿por qué estás aquí?

Él la miraba tan intensamente que empezó a sudar bajo el jersey de cuello alto y los vaqueros. Era el «viernes informal» en su nuevo trabajo como ayudante personal del presidente de una dinámica empresa de software. Un trabajo tan interesante que casi podía evitar pensar en Max durante el día. Pero esa ilusión acababa de ser destrozada.

—Quería asegurarme de que tenías tu piso... que te habías instalado. Te lo debía.

—Lo tengo, Max. Y no lo tendría de no ser por ti.

—Tampoco tendrías las especulaciones en los medios o el intenso escrutinio sobre nuestro matrimonio.

Darcy hizo una mueca. Después de marcharse, los periódicos se preguntaron qué había sido de ella. Por suerte, habían estado casados tan poco tiempo que solo los periódicos italianos se hicieron eco.

–Al menos no afectó a tu trato con Montgomery.

Max apretó los labios.

–Tenías razón sobre él. Pensaba dejarme a cargo de su patrimonio desde el principio.

Darcy se dejó caer sobre una silla.

–¿Entonces no tendríamos que habernos casado?

–No –Max tocó el respaldo de una silla al lado de la suya–. ¿Te importa si me siento?

Ella hizo un vago gesto con la mano, sin percatarse de su extraña reticencia o su tono preocupado. O de la seriedad en sus facciones.

–¿El hombre que acaba de irse... es tu novio?

Darcy estaba imaginándose lo que habría pasado, o no pasado, si no se hubieran casado. No le gustaba admitir que prefería la versión en la que se habían casado, a pesar de todo.

–No, John es mi vecino. Y es gay.

Max dejó escapar el aliento y ella lo miró, un poco sorprendida. Parecía demacrado, pero no quería que eso la preocupase.

–Aunque no es asunto tuyo –añadió–. No has perdido el tiempo demostrando que nuestro matrimonio fue una farsa. He visto esas fotografías con otras mujeres.

Max se levantó para quitarse la chaqueta, revelando una camiseta de manga larga que apretaba de forma casi indecente su torso. Tan distraída estaba que durante un segundo no oyó lo que decía.

–... haciendo lo que puedo para creer que las cosas pueden volver a ser como antes.

Paseaba de un lado a otro, como hablando consigo mismo. Era como un glorioso león enjaulado.

—La noche que Montgomery anunció que yo era el elegido me quedé tan sobrecogido de emoción que no quería que tú lo vieses. Por eso me aparté, para que no vieras que solo era una fachada, una estúpida y patética fachada tras la que me escondía.

—¿De qué estás hablando?

Pero él no la escuchaba. Seguía paseando, cada vez más enfadado consigo mismo.

—Cuando subí a la habitación y te vi haciendo la maleta sentí pánico. ¡Pánico! Nunca había sentido pánico en mi vida... ni siquiera cuando supe que me vería obligado a vivir en la calle.

Darcy se levantó, pero él siguió hablando:

—Y te mostraste tan fría, tan segura, preguntándome qué más quería después de haber conseguido mi objetivo —Max se detuvo para mirarla—. Me estabas pidiendo que me lanzase al abismo y yo fui demasiado cobarde para hacerlo. Me decía a mí mismo que tenía todo lo que necesitaba, que no te necesitaba a ti. Me decía que el deseo que sentía cada vez que te miraba desaparecería con el tiempo. Así que te dejé ir. Volví al salón y le conté a Montgomery que habías tenido que irte por una emergencia familiar, pensando que todo estaba bien, que todo iría bien —sacudió la cabeza, suspirando—. Pero no ha sido así. No estoy bien. El día que mis padres me separaron de mi hermano lloré porque quería quedarme con mi madre —Max hizo una mueca de dolor—. No podía creer que fuera a dejarme con mi padre... y no pensé en mi hermano, solo en mí mismo. Pero él se mostró más fuerte, fui yo quien se desmoronó. Me fui a Italia con mi madre y me he pasado la vida pagando por ello.

—Max...

—Cuando dijiste que te ibas quise cerrar la puerta de la habitación para evitarlo. No lo hice porque temía lo que podría pasar si me dejaba llevar por la emoción. Temía que el mundo se pusiera patas arriba de nuevo y lo perdiese todo cuando acababa de conseguirlo. Temía perderme a mí mismo otra vez.

Darcy tenía que hacer un esfuerzo para respirar.

–¿Qué estás diciendo?

–Quería que encontrases la casa de tus sueños. Quería que supieras que tenías una alternativa.

–¿Una alternativa para qué?

Max tomó aire.

–Quiero que vuelvas conmigo, quiero que sigas siendo mi mujer. Pero si tú no quieres, te dejaré en paz.

Ella sacudió la cabeza, como intentando aclarar sus ideas.

–¿Quieres que vuelva porque te resulta conveniente?

–No, claro que no. Quiero que vuelvas porque estoy partido por la mitad. Por fin tengo todo lo que siempre había querido, todo lo que siempre había pensado que quería. Pero ya no significa nada porque tú no estás conmigo. Te quiero, Darcy.

Ella parpadeó, incrédula. ¿La quería? Aquel era un Max que nunca antes había visto; humilde, roto. Real. No quería creerlo, pero el dolor en sus ojos era real. Lo sabía porque ella sentía lo mismo.

–Nunca ha habido otra alternativa, Max, desde el día que volvimos a vernos –Darcy hizo un gesto con la mano, señalando alrededor–. Por fin tengo todo lo que creí que quería: un hogar propio, una base, pero no significa nada por qué tú eres mi base.

Max la miraba como temiendo haber oído mal.

–¿Qué estás diciendo?

Los ojos de Darcy se llenaron de lágrimas. Casi podía sentir cómo las piezas de su corazón roto se unían de nuevo.

–Estoy diciendo que te quiero, idiota.

No sabía quién de los dos se había movido, pero de repente estaba entre los brazos de Max y la estrechaba con tal fuerza que apenas podía respirar. Fueron trastabillando hasta caer sobre el sofá y él la sentó sobre su regazo.

Darcy ni siquiera se dio cuenta de estaba llorando hasta que Max empezó a acariciar su espalda, pronunciando suaves palabras en italiano: *dolcezza, amore mio*...

Por fin, se colocó a horcajadas sobre él y puso las dos manos sobre sus hombros. Vio cómo brillaban sus ojos y que el color había vuelto a sus mejillas y empezó a moverse hacia delante para sentir la evidencia de su deseo. Pero se apartó cuando intentó besarla.

—¿Quiénes eran esas mujeres?

En los ojos de Max apareció un brillo travieso.

—Eran mi intento de volver a la normalidad. Pero no eras tú, lo cual era muy irritante.

Intentó besarla de nuevo, pero ella se echó hacia atrás.

—¿Has besado a alguna?
—Lo intenté.

Aguijoneada por los celos, Darcy se apartó.

—Pero no pude hacerlo —se apresuró a decir Max, abrazándola de nuevo—. Para empezar, eran demasiado altas y delgadas, demasiado charlatanas. No eran tú.

—Me alegro.
—¿Y Jack? ¿Seguro que es gay?

Lo preguntaba como si quisiera clavarle una estaca en el corazón.

—Su nombre es John y sí, es gay. Prácticamente puedo oír cómo se le cae la baba desde aquí.

—Me alegro.

Darcy tomó su cara entre las manos e inclinó la cabeza para besar a su marido, poniendo en ese beso todo su amor y experimentando una emoción casi dolorosa.

Las manos de Max se movían por todas partes, acariciando su pelo, levantando su camiseta para dejarla en sujetador.

Darcy apoyó la frente en la suya, preguntándose si aquello era un sueño.

—Pensé que no volvería a verte nunca.

Max apretó sus caderas.

—Habría venido antes, pero he sido un cobarde. Cuando me enteré de que habías comprado el apartamento pensé que te habías olvidado de mí.

El corazón de Darcy se encogió mientras lo miraba a los ojos.

—Tú no eres un cobarde, todo lo contrario.

Pasó un dedo por su cicatriz y él sujetó su mano para besar la palma.

—La noche que cenamos con Montgomery y su mujer... creo que a un nivel inconsciente ya sabía que te deseaba lo suficiente como para atarte a mí de cualquier forma posible. Pero no hubiera tomado esa impetuosa decisión si hubieras sido otra persona... es porque eres tú. Y tenía que tenerte como fuera.

Esa confesión disipó todas sus dudas. Sonriendo, Darcy apoyó las manos en el respaldo del sofá y empujó sus pechos lascivamente hacia su boca.

—Creo que, por el momento, ya hemos dicho todo lo que teníamos que decir.

Max esbozó una sonrisa de satisfacción y algo le dijo que no tardaría mucho en volver a ser el adorable arrogante de siempre.

—Te quiero, *signora* Fonseca Roselli. Estos últimos tres meses han sido una tortura que no le deseo ni a mi peor enemigo. No volverás a separarte de mí.

Ella enredó las manos en su pelo.

—Te quiero, *signor* Fonseca Roselli, y no tengo intención de separarme de ti.

Luego inclinó la cabeza y le dio un besito en la comisura de los labios.

Dejando escapar un gruñido de frustración, Max sujetó su cabeza y, en unos segundos, estaban besándose tan apasionadamente que no había necesidad de palabras.

Epílogo

DURANTE dos años y medio, Darcy y Max vivieron una existencia idílica, felizmente encerrados en una burbuja de amor y sensualidad. Darcy siguió trabajando para él, pero solo cuando viajaba al extranjero porque no querían estar separados.

Mientras tanto, abrió un negocio como intérprete *freelance* que la obligaba a viajar frecuentemente por toda Europa, algo por lo que Max solía protestar, aunque ella no le hacía ni caso. Además, solía sorprenderla con visitas inesperadas. Como cuando fue a buscarla a París en su jet privado para pasar un romántico fin de semana en la costa oeste de Irlanda. Terminaron alojándose en el castillo Dromoland durante una semana entera.

Compraron una casa en Roma, en el exclusivo distrito de Monteverde, y lo convirtieron en su hogar, aunque Darcy no vendió el apartamento de Londres, en el que pasaban muchos fines de semana.

Max seguía sin dar el salto. Aún no se había atrevido a comprar el equipo de futbol con el que tanto soñaba, pero pasaba mucho tiempo viendo partidos e investigando equipos.

Y había retomado la relación con su hermano Luca. Al principio con la ayuda de su mujer, Serena, que se había convertido en una buena amiga.

La relación de Max con su madre seguía siendo tirante, pero empezaba a entender que los problemas de Elisabetta no eran culpa suya.

En cuanto a Darcy, había aprendido a tolerar las catástrofes amorosas de sus padres con cierto sentido del humor.

Y entonces, dos años y medio después, Darcy había entrado en el dormitorio una mañana con el gesto descompuesto, sujetando una barrita de plástico.

Max la había mirado con gesto preocupado.

–*Che cosa?*

Se le encogió el corazón al pensar en cómo iba a afectarles la noticia. Era algo de lo que nunca habían hablado y cuando Serena quedó embazada Darcy había notado que Max no quería hablar de ello. Sabía que era un campo minado para él, para el niño que había sido tan maltratado por sus padres.

En silencio, le entregó la barrita de plástico y vio que él lo entendía.

–¿Pero cómo?

Darcy se había encogido de hombros, sintiéndose ligeramente enferma por su reacción.

–No lo sé, tomo la píldora todos los días. Pero tuve la gripe hace unas semanas...

Nunca habían hablado de dejar la píldora. Había creído que, con el tiempo, podrían hablar del asunto, pero ese tiempo había pasado. Estaba embarazada.

Y mientras ella sentía una gran emoción, temía que Max sintiese todo lo contrario.

Después de un segundo, él se sentó al borde de la cama, las sábanas arrugadas cubriendo su cuerpo desnudo, y tiró de ella para sentarla sobre su regazo.

A Darcy se le encogió el corazón al ver la batalla que se libraba en esos maravillosos ojos dorados, pero por fin Max dijo con voz ronca:

–Tú sabes que esto no es fácil para mí... pero te quiero e imagino que querré a nuestro hijo, aunque me da miedo hacerle tanto daño como nos lo hicieron a Luca y a mí.

Sobrecogida por la emoción, los ojos de Darcy se llenaron de lágrimas mientras tomaba su cara entre las manos y le daba un beso lleno de ternura.

–Confío en ti, en el Max que superó todas las adversidades, todos los obstáculos que la vida le puso por delante. Nuestro hijo será el bebé más afortunado del mundo por tenerte como padre.

Él la había mirado con los ojos sospechosamente brillantes.

–Y a ti como madre. No querría hacer esto con ninguna otra mujer.

Y en aquel momento, ocho meses después, la realidad de esas palabras se había manifestado... ¡por partida doble!

Darcy, en la habitación del hospital, abrió unos ojos cansados para mirar la escena que tenía lugar a unos metros de ella.

Y habría reído si no temiera que se le saltaran los puntos de la cesárea.

Max estaba tirado en un sillón, con el pelo más alborotado de lo habitual y sin afeitar. Si no fuera por los dos bultos envueltos en mantitas que tenía en el hueco de cada brazo podría parecer el réprobo playboy que solía ser, volviendo a casa después de una noche de depravación.

Pero no era ningún playboy. Era su amante y su marido. Y, desde ese día, padre de mellizos.

Max miraba a su hijo y su hija como si fueran las joyas más preciosas del mundo. Maravillado. Domino y Daisy, llamados así por el abuelo italiano de Max y la abuela inglesa de Darcy.

Max se dirigió a su hijo, que tenía los ojitos cerrados:

–Dom, que hayas nacido unos minutos antes no significa nada. De hecho... –miró a su hija, que tenía los ojos abiertos–. Diremos que tú naciste antes, Daisy. De ese modo no se le subirá a la cabeza. Y a tu *mamma* le dieron muchas drogas, así que también podríamos convencerla a ella...

Entonces levantó la mirada y sonrió tontamente al ver que lo habían pillado.

Darcy esbozó una sonrisa. El amor que sentía era tan profundo que le costaba respirar. Le devolvió la sonrisa y el amor se extendió entre los dos... entre los cuatro, uniéndolos en su abrazo para siempre.

Capítulo Doce

Kalissa iba poco a poco aceptando que su vida había dejado de ser normal.

–Voy a enganchar el micrófono a la parte de atrás del vestido –le dijo la técnica.

–¿Has hecho esto antes? –preguntó Kalissa a Darci.

–Una vez, en circunstancias mucho más estresantes.

–¿Estas no te lo parecen?

Habían tardado una hora en maquillarlas, peinarlas y seleccionar un vestido negro del guardarropa para cada una y, en aquel momento, al menos una docena de técnicos de sonido, operadores de cámara y personal de televisión corrían a su alrededor en el plató.

Marian Ward, la presentadora, las había saludado y se había marchado a toda prisa a prepararse. Shane se hallaba entre bambalinas en tanto que Garrison y sus hombres deambulaban por el estudio. Lo único que asustaba a Kalissa en aquel momento era que el programa fuera en directo.

–Es mejor que sea así –aseguró Darci–. De esa manera, no pueden montar el programa y hacer que parezcas estúpida.

–Yo esperaba que lo montaran y me hicieran parecer inteligente.

La técnica sonrió mientras colocaba a Kalissa el micrófono en el cuello.

–Lo harás muy bien –afirmó Darci.

–Me quedaré sin habla.

–Entonces, hablaré yo por las dos.

–Debiéramos habernos vestido y peinado exactamente igual. Así tú podrías hacer el papel de las dos.

–Dos minutos –gritó el productor.

Marion Rush entró en el plató a toda prisa y se sentó entre ambas mujeres con la espalda erguida y las piernas cruzadas.

–Un minuto.

–La primera pregunta es sobre su padre –dijo Marion a Darci.

Esta asintió. Parecía sentirse cómoda y segura. Kalissa comenzó a sudar.

El productor inició la cuenta atrás y todos en el plató se quedaron inmóviles y callados.

–Buenas noches, Chicago –dijo la presentadora–. Bienvenidos a City Shore Beat. Esta noche está con nosotros Darci Colborn, la multimillonaria dueña de Colborn Aerospace. La recordarán por su boda con Shane Colborn este verano –Marion se volvió hacia Darci–. Bienvenida.

–Estoy encantada de estar aquí –respondió Darci sonriendo.

–Y también está con nosotros, para sorpresa de todo Chicago y de la propia Darci Colborn, su hermana gemela, Kalissa Smith.

Dos cámaras la enfocaron y ella se obligó a sonreír.

–Bienvenida, Kalissa.

–Gracias –consiguió articular ella.

–Esta es una historia de escándalos, traiciones y de la reunión de dos hermanas separadas durante mucho tiempo.

Kalissa miró a Shane. Aquel comienzo no parecía muy prometedor, pero él le sonrió.

–Darci –dijo Marion–, creo que a usted la crio su padre.

–Así es. Ian Rivers fue un ingeniero innovador que no alcanzó reconocimiento alguno en vida.

–Y a usted –prosiguió Marion volviéndose hacia Kalissa– la separaron de su hermana al nacer y la dieron en adopción. No conoció a sus padres ni a su hermana gemela.

–En efecto –respondió Kalissa sin saber si le estaba haciendo una pregunta.

–Por lo que sabemos –intervino Darci–, nuestros padres se separaron y decidieron criar cada uno a una de nosotras. Por desgracia, nuestra madre falleció cuando Kalissa era un bebé.

Marion se volvió de nuevo hacia Darci. Se había dado cuenta de que, de las dos, era la mejor invitada.

Kalissa tenía ganas de salir corriendo, pero se esforzó en sonreír.

–Pero no devolvieron a Kalissa a su padre.

–No conocemos todos los detalles. Sabemos que nuestro padre fue socio de Dalton Colborn.

Por eso conocí yo a Shane. También nos enteramos de que, sin saberlo mi marido, nuestro padre, Ian Rivers, fue decisivo en la creación de la tecnología que utiliza en la actualidad Colborn Aerospace una de las empresas punteras en la construcción de aviones comerciales.

»A mi esposo y a mí nos encantó conocer a Kalissa. Ella se enteró de mi existencia por mi reciente boda, gracias a las fotografías que aparecieron en Internet.

—¿Cuál fue su reacción? —preguntó Marion a Kalissa.

—Creí que era una broma, que era un montaje fotográfico con mi rostro.

—Y cuando supo que era verdad, ¿cómo reaccionó al enterarse de que su hermana era una de las personas más ricas del país?

Kalissa titubeó. La mirada de Marion era calculadora. Era evidente que iba a enfocar el tema desde el punto de vista del dinero.

—Mi hermana hizo algo muy honorable e inesperado —intervino Darci.

—¿El qué? —preguntó Marion con expresión frustrada.

—Vino a prevenirme. Tenía una cita esa noche y temía que la confundieran conmigo. Shane y yo le estamos muy agradecidos.

—¿Agradecidos en sentido monetario?

—¿La pregunta es si me han dado dinero? —preguntó Kalissa.

—¿Se lo han dado?

—Hemos intentado apoyarla económicamente —Darci volvió a intervenir—. Pero es muy independiente. Lo importante para nosotros es habernos encontrado.

—Eso es lo importante —corroboró Kalissa.

—Pero sus circunstancias vitales han cambiado.

—Mucho —reconoció Kalissa—. Pero supongo que siempre sucede cuando alguien encuentra a un familiar perdido durante largo tiempo, sea rico o no. Quiero que se sepa que no soy Darci y viceversa. Somos dos, y somos idénticas —Kalissa miró directamente a la cámara—. Así que, si una de nosotras está haciendo algo poco digno e inadecuado, seré yo. Por lo que los telespectadores habrán comprobado por esta entrevista, mi hermana es mucho más sofisticada que yo, que me paso la vida en tiendas de descuento y hamburgueserías.

—¿Ya había dicho que tiene un gran sentido del humor? —preguntó Darci, que, de repente, se levantó y cruzó el plató por delante de Marion, que se quedó horrorizada. Pero Darci siguió andando y abrió los brazos al llegar ante su hermana—. Menos mal que nos encontraste —dijo abrazándola.

—Enseguida volvemos con ustedes —anunció Marion.

Darci soltó a Kalissa y fulminó con la mirada a la presentadora.

—Hemos terminado —afirmó al tiempo que se quitaba el micrófono.

Shane tardó menos de un segundo en llegar a su lado, seguido de los empleados de seguridad.

–Despejen el plató –pidió el productor.

Un técnico de sonido ayudó a Kalissa a quitarse el micrófono y esta salió del estudio detrás de Shane y Darci. Garrison iba a su lado.

–¿Qué ha pasado? –Kalissa no sabía con certeza por qué se había enfadado su hermana.

–No tenía que haber contado todo eso sobre usted.

–Solo he dicho la verdad. Esa mujer no nos dejaba decir lo que habíamos venido a decir.

–No había nada concreto que tuvieran ustedes que decir. Solo tenían que aparecer juntas. La presentadora la ha arrinconado, y por eso se ha enfadado Darci.

–Quería que todos supieran que soy yo, no Darci, la que comete errores.

–Usted no comete errores, señora.

–Puede llamarme Kalissa.

–No cuando estoy trabajando.

Salieron al aparcamiento. Kalissa divisó inmediatamente a Riley, apoyado en su deportivo.

–¿Qué hace aquí? –se separó del resto y se dirigió hacia él.

Él se enderezó y la recibió con una sonrisa.

–¿Qué haces aquí?

–Quería asegurarme de que todo había salido bien.

–¿Por qué no has entrado?

–Me pareció que era un asunto familiar.

–No ha ido muy bien.

–Lo sé. Lo he visto en Internet.

–Garrison dice que tenía que haberme estado calladita.

–¿Con esas palabras?

–No exactamente, pero Darci decidió darlo por terminado porque yo lo estaba echando todo a perder.

–¿Quieres dar un paseo? –preguntó él tomándola de la mano y señalando el río.

–Garrison tendrá que venir con nosotros.

–No te preocupes por él. Su trabajo consiste en preocuparse por ti.

–No quiero ponérselo más difícil.

–Deja de preocuparte por los demás –se dirigió a los otros y gritó–: Nos vemos en vuestra casa.

Kalissa pensó que le vendría bien el aire fresco. Llevaba cuatro días encerrada en su piso y necesitaba aclararse las ideas.

Caminó al lado de Riley olvidándose de todo y de todos. Por un parte, deseaba contarle a Riley lo de su padre y la herencia; por otra, quería mantenerlo en secreto porque le parecía que, si se lo contaba, se derrumbaría la última barrera que la protegía de su nueva realidad. Aún no estaba preparada.

–He estado pensando en aceptar la oferta de Shane.

–¿Qué oferta?

–La de diseñarle un jardín nuevo. Lo haría con Megan. Tendríamos un trabajo estable, nuestros trabajadores estarían ocupados y yo estaría al margen de la atención pública.

Cuando se supiera que era accionista de Colborn Aerospace, sus días de jardinera acabarían.

–Seguro que a Shane le gustará.

Ella dejo de caminar y se acodó en la barandilla del paseo para mirar el río.

–¿Qué te gusta de mí?

Riley la tomó del brazo.

–Todo.

–Quiero decir concretamente.

–Concretamente, me gusta todo.

–Me siento atrapada entre dos mundos: uno lo conozco y sé vivir en él; el otro me resulta desconocido y me asusta, y no sé si sabré desenvolverme en él.

–Todo irá bien –afirmó él.

–Voy a cambiar, tendré que hacerlo. Sin embargo, he pensado que si supiera cuáles son mis mejores características intentaría conservarlas.

–No vas a perderlas –le aseguró él sonriendo–. Forman parte esencial de ti y te acompañarán dondequiera que vayas.

–No puedo seguir haciendo mi trabajo, cavando jardines, poniendo piedras y empujando carretillas de estiércol.

–Puede seguir planificándolo, que es, básicamente, lo que haces. ¿Has puesto piedras alguna vez o echado estiércol?

–Ya sabes lo que quiero decir.

–Sí, pero dime cómo te puedo ayudar.

–Así: ¿podemos volver al muelle a tomarnos un perrito caliente y ser personas totalmente corrientes un día más?

—Podemos hacer lo que quieras —respondió él llevándose su mano a los labios.

Para Riley, la mansión de los Colborn era la guarida del lobo.

Siguió a un mayordomo por habitaciones de decoración ostentosa y recargada hasta llegar al gran salón. Varias acuarelas colgaban de las paredes: los retratos de Dalton, de la madre de Shane y del propio Shane.

Riley se detuvo a mirarlos.

—Espere aquí, por favor —dijo el mayordomo—. Voy a buscar a la señorita Smith.

Los pasos del mayordomo se alejaron mientras Riley contemplaba los cuadros. Después, observó la enorme habitación y la comparó con el sótano en el que había vivido con su madre de niño, a cuarenta kilómetros de la mansión. Su madre tenía que tomar dos autobuses todos los días para llegar allí. Era la encargada de limpiar y recoger después de que se retiraran Dalton, su esposa y sus invitados. Fue agotándose hasta caer enferma, mientras Dalton la despreciaba, sin tener en cuenta que se había acostado con ella.

Oyó que se aproximaban unos pasos y se volvió creyendo que sería Kalissa. Era Shane, que se detuvo, sorprendido, al ver a Riley. Se miraron fijamente hasta que Shane avanzó hacia él.

—No sabía que estuvieras aquí.

—Yo tampoco te esperaba.

—Me he tomado un fin de semana largo. ¿Y tú?

—He venido a ver a Kalissa.

—Está en el jardín.

Shane distraídamente miró el cuadro de Dalton. Riley se preguntó si él también se daba cuenta de lo irónico de la situación.

—Seguro que se revolvería en la tumba al vernos aquí juntos —afirmó.

—¿Por qué?

—No te hagas el tonto.

—¿Porque odiaría Ellis Aviation por hacerle la competencia?

—Sí, seguro que lo que le molestaría sería Ellis Aviation.

Riley no iba a cambiar de tema al lado de las antigüedades que su madre había limpiado, estando él en casa de Dalton y con Shane allí como el nuevo señor de la mansión.

—Hablo de mí. Me odiaba a mí —afirmó Riley. Esperó a ver cómo reaccionaba Shane.

—¿Me estás diciendo que te conocía?

—Mi madre me trajo una vez, a los trece años. ¿Sabes lo que me dijo? ¿Sabes lo que dijo a su hijo?

Shane se quedó inmóvil. Sí, Riley lo había dicho, había pronunciado las palabras prohibidas que la poderosa familia Colborn había ocultado durante tanto tiempo.

—Dijo: «Los criados utilizan la puerta trasera y no llevan los zapatos sucios en el salón».

Shane extendió el brazo para apoyarse en una mesa.

–Y eso fue todo, las única palabras que nuestro padre me dijo y la única vez que me miró.

–Él no...

–No lo disculpes. ¿No te gusta Ellis Aviation? ¿No quieres que toque a tu cuñada? ¿Crees que puedes evitar que a la familia Colborn no la manche el hijo ilegítimo de una criada? –una vez que se había disparado, Riley no pudo parar.

–Sé que estás predisponiendo a Kalissa en mi contra, pero no te vas a salir con la tuya. Soy más duro que tú, Shane, mucho más. Me crie a la intemperie, y hacía frío. Veía que él te mimaba y te guiaba. Y que te entregaba su mundo en bandeja de plata. Mientras tanto, yo luchaba por salir adelante. Tal vez me odies, pero eso no es nada comparado con lo que yo siento por ti.

Shane se había quedado muy pálido y respiraba agitadamente.

–¿Riley? –la voz de Kalissa les llegó por detrás–. ¿Qué sucede?

Riley se volvió. Shane parecía petrificado.

Ella tragó saliva.

–¿Es verdad? Es verdad –se respondió a sí misma. Y soltó una risa histérica.

–Lo siento –se disculpó él acercándosele–. Quería contártelo –se maldijo a sí mismo por haber perdido el control.

–¿Que eres hermano de Shane? ¿Su hermano? –Kalissa había elevado el tono de voz. Se llevó la mano a la frente como si le doliera–. ¿Que lo odias? –retrocedió unos pasos–. Ahora lo entiendo todo.

–No debiera haber venido –observó él avanzando hacia ella–. Ha sido una estupidez. Creía que podría manejar...

–¿Las mentiras? –preguntó ella.

–No he mentido.

–No has hecho otra cosa.

–Ellis... –dijo Shane.

–Ahora no.

Kalissa soltó un gemido y dio media vuelta. Riley la siguió, y ella echó a correr.

–Ellis –gritó Shane, pero este no le prestó atención.

Alcanzó a Kalissa cuando iba a subir la escalera. Ella se detuvo, pero no se volvió.

–Sé que esto debe chocarte. No te había dicho nada porque...

–Voy a hablar contigo porque quiero que sea la última vez. Sé que he sido una presa fácil. No sé por qué me atraías –volvió a reírse y siguió dándole la espalda–. Y sabes que me atraías. Pero ya sé cómo actúas, cómo aseguras tu posición antes de decir la verdad. Pero no vas a salirte con la tuya una segunda vez. No puedo ayudarte a que compitas con tu hermano ni a que seas un Colborn.

–No es eso lo que quiero –dijo él, horrorizado.

–Sí, lo es –afirmó ella volviéndose por fin. Las lágrimas brillaban en sus ojos.

–Nosotros dos no tenemos nada que ver con los Colborn.

–Tenemos todo que ver con ellos. Shane es el motivo por el que quieres estar conmigo, y Dalton, la razón de que estés aquí. Es tu pasado el que te guía, el que siempre te ha guiado –tragó saliva e intentó moderar el tono de voz–. Al menos, ahora entiendo por qué, ahora te entiendo.

–No me entiendes –si lo hiciera, sabría que estaba enamorado.

–Vete –dijo ella.

–No puedo.

–No tienes otra opción.

–Vamos a algún sitio a hablar. Nunca ha sido mi intención hacerte daño.

–Para seguir mintiéndome.

–No voy a mentirte, ya no tengo sobre qué. Lo sabes todo.

–Sí, lo sé todo. Adiós, Riley.

–¡Kalissa, no! –pero ella ya subía la escalera–. ¿Qué mal hay en hablar? –ella no se detuvo, ni siquiera lo miró.

Riley, que sabía que Garrison, que también se hallaba al pie de la escalera, no le dejaría acercarse a ella, tuvo que controlarse para no subir corriendo detrás de Kalissa.

Shane apareció y se dirigió a él.

–Ahora no –dijo Riley–. Ahora no.

Sabía que lo único que podía hacer era marcharse, analizar la situación y volver a intentarlo desde otra perspectiva. Aquello no era el final.

Kalissa cruzó la mansión, bajó por la escalera de servicio y salió a la rosaleda, donde estaba Megan.

—Sé que faltan unas semanas para que empecemos —Megan sonrió alegremente—. ¡Cuántas cosas podemos hacer aquí!

Kalissa se obligó a sonreír.

—¿Por dónde quieres empezar?

—No lo sé. Tal vez por el estanque: ampliarlo y conseguir cisnes completamente blancos. ¿Qué te pasa? —preguntó al ver la expresión de su amiga.

—Acabo de romper con Riley —sintió que las piernas no la sostenían y se sentó en la hierba.

—¿Cómo? ¿Qué ha pasado? —Megan se sentó a su lado.

Darci llamó a Kalissa desde el otro lado.

—¿Ella lo sabe? —preguntó Megan.

—Shane estaba presente.

—¿Estás bien? —preguntó Darci, que llegó a toda prisa. Se agachó a su lado y le apretó el hombro—. Lo siento mucho.

—¿Qué ha pasado? —preguntó Megan.

—Riley me ha vuelto a mentir.

—Shane no sabía nada —apuntó Darci—. Está perplejo.

—¿En qué te ha mentido? —preguntó Megan.

—Es hermano de Shane —confesó Kalissa—. Y yo voy a heredar parte de Colborn Aerospace.

—¿Cómo?

—Basta ya de secretos. Tienes que saberlo todo, Megan. Voy a ser millonaria.

—¿Y eso qué tiene que ver con Riley?

—Nada, porque no lo sabe. Tampoco se lo he contado a él.

—No es lo mismo —observó Darci.

—¿Me he equivocado al mantenerlo en secreto? —preguntó Kalissa.

—¿Has sido tú la que ha roto con él? ¿O ha sido al revés? —preguntó Megan.

—He sido yo. Riley estaba hablando a gritos con Shane. Se ha pasado la vida entera deseando lo que Shane tiene. Puede que incluso deseando ser él.

—Entonces, ¿Dalton era su padre? ¿Son hijos de distinta madre?

—Su madre trabajaba aquí —dijo Darci—. Parece que era el ama de llaves.

—Riley me dijo que ella era muy joven y que no quería perder el trabajo. Pero, cuando me lo contó, yo no sabía que se refería a Dalton Colborn y a esta casa.

—Shane no sabía nada —les aseguró Darci—. Riley cree que lo ha estado evitando todos estos años, pero no lo sabía.

—Lo siento mucho por Riley —afirmó Kalissa. Quería seguir enfadada, pero se lo imaginaba como un niño dolido y herido, algo que había repercutido en él durante el resto de su vida.

—Tal vez sea pronto para preguntártelo, pero ¿podrás perdonarlo? —preguntó Darci.

—No se trata de eso, sino de Shane. Riley desea todo lo que tiene. No piensa con claridad ni me ve con claridad. Lo dominan emociones oscuras y antiguas. Quiso estar conmigo antes de conocerme por lo menos un poco. Y me sentí halagada.

—Pero él también te gustaba —afirmó Darci.

–¿Estás de su lado? –preguntó Megan.

–Lo que quiero es que no haya un enfrentamiento –contestó Darci.

–Porque es hermano de Shane –Kalissa completó la frase.

La situación era terrible para Shane y Darci.

Kalissa hizo ademán de levantarse.

–Voy a marcharme.

–Tú no te vas a ningún sitio –Darci la agarró.

–¡Qué desastre! –una lágrima le corrió por la mejilla a Kalissa.

–Vamos a solucionarlo juntas –afirmó su hermana.

–No quiero ver a Riley.

–No tienes que ver a nadie. Siempre estaré de tu lado. Eres mi hermana.

–Riley es hermano de Shane.

–No es lo mismo.

–¿Por qué?

–No lo sé, pero no es lo mismo.

–Voy a odiarlo –aseguró Kalissa tratando de hacerse la fuerte. La fortaleza le duró veinte segundos–. Tal vez mañana. Empezaré a odiarlo mañana.

–Sí, mañana ya veremos –Darci le pasó el brazo por los hombros.

Kalissa asintió con una mirada sombría.

–Hagamos algo divertido –propuso su hermana para animarla.

–¿Como qué? –preguntó Megan.

–Ir a un spa.

–No quiero que me vean en público después del programa de televisión –apuntó Kalissa.

–Nadie te conoce en Nueva York.

Kalissa y Megan la miraron sin comprender.

–Tengo un jet –explicó Darci.

–¿Un jet privado? –preguntó Megan.

–Hay un sitio llamado Glimmer Mist Falls donde ofrecen masajes, tratamientos de belleza, manicura y pedicura. Enviarán una limusina a recogernos al aterrizar.

Kalissa negó con la cabeza. Lo único que deseaba era meterse en la cama, taparse la cabeza y esperar a que la venciera el sueño.

–Cuenta conmigo –dijo Megan.

–No voy a aceptar una negativa por respuesta –le advirtió Darci a su hermana.

Kalissa no quería ir, pero no tenía fuerzas suficientes para enfrentarse a las dos.

–Cariño –Darci hablaba por teléfono–. Queremos que el jet nos lleve a Glimmer Mist Falls –miró a Kalissa con compasión–. Yo también lo creo. Lo haremos. Gracias, cielo.

Capítulo Trece

Durante los tres días siguientes Riley se centró en dos cosas: trabajar en Ellis Aviation y elaborar una estrategia para recuperar a Kalissa. Lo primero era fácil, pero lo segundo le parecía imposible. Si ella no salía de la mansión, no podría acercársele. Incluso aunque pudiera hacerlo, no sabría qué decirle.

Abrió una botella de whisky en la cocina y se sirvió un par de dedos. Aunque beber no fuera la respuesta, estaba cansado, era tarde y estaba harto de soñar con Kalissa. Los sueños eran maravillosos, pero despertarse era una pesadilla.

Llamaron a la puerta. Eran casi las diez de la noche. No podía ser Ashton porque se había ido a Alaska. Riley fue a abrir y se quedó sorprendido al ver a Shane en el porche.

–¿Le ha pasado algo a Kalissa?

–Kalissa está bien. Está en Nueva York.

–¿Qué hace allí? –Riley se había imaginado que estaría encerrada en la mansión.

–Darci se la ha llevado a un spa. Garrison está con ellas. ¿Puedo pasar?

Pelearse con Shane lo distraería, así que Riley se apartó para dejarlo entrar.

–¿Quieres? –preguntó Riley mostrándole el vaso.

–Sí.

Riley fue a la cocina y Shane lo siguió. Le sirvió un whisky y le tendió el vaso.

–¿A qué has venido? ¿Quieres que cierre la empresa?, ¿que me vaya del Estado? ¿O es que has cambiado de idea y vas a jugar sucio?

–No lo sabía.

–¿El qué?

–Que eras mi hermano.

–¡Y un cuerno! Hablamos de ello.

–¿Cuándo? –preguntó Shane mostrando una enorme sorpresa.

–En primer año de carrera, en un partido de baloncesto. Estábamos en equipos contrarios.

–No lo recuerdo.

–Te llamé hermano y te dije que teníamos que hablar. Me dijiste que era un fracasado y que te dejara en paz –Riley se bebió el whisky y se sirvió otro.

–Puede que no te entendiera –Shane parecía anonadado.

–Ya, claro. Puedes decir lo que te parezca.

–Lo digo sinceramente. No te entendí. No lo sabía. ¿Crees que hubiera pasado por alto algo así todos estos años?

–Es lo que has hecho.

–No –dijo Shane paseando por la cocina–. No sé qué otra cosa puedo decirte. ¿Lo sabía mi padre?

–Mi madre le rogó que la ayudara y él consintió en no despedirla.

Shane lanzó un juramento y se sirvió otro whisky.

–¿Te has hecho un análisis de ADN? ¿Por qué no intentaste conseguir parte de la herencia? ¿Qué es lo que quieres?

–A Kalissa –dijo Riley sin tener que pensarlo.

–Me refiero a qué quieres de mí.

–Ahora, ella está en tu poder.

–Pues me parece que eso no va a poder ser.

–No voy a darme por vencido.

–No voy a consentir que sigas haciéndole daño.

–Nunca he tenido la intención de hacérselo.

–Es lo que no dejas de repetir, pero no dejas de hacérselo. Te voy a proponer algo. Te ofrezco la mitad de todo. Si el análisis de ADN es positivo, te cedo la mitad de Colborn Aerospace y de la mansión. Me quedaré con el ático. Y reconoceré públicamente que eres hijo de Dalton.

–Muy gracioso –dijo Riley tratando de controlar sus emociones. No podía tomárselo en serio.

–No bromeo.

–¿Qué quieres a cambio?

–Que dejes en paz a Kalissa. Es la única condición.

–No.

–Tanto si es tu intención como si no, le haces daño. Y, al hacérselo, se lo haces a Darci, y haré lo que sea para proteger a mi esposa.

–¿Incluyendo tratar de sobornar a tu hermano ilegítimo?

–Sí.

–Olvídalo.

—¿Renuncias a esa fortuna?

—El precio es demasiado alto. Quiero recuperar a Kalissa.

—Contrataré un ejército –amenazó Shane.

—Lo sé.

—Te pareces un poco a él –observó Shane.

—No me lo tomo como un cumplido.

—Creo que los dos sabemos cuál será el resultado del análisis de ADN.

—Es irrelevante.

—Buena respuesta –dijo Shane dirigiéndose a la puerta de la cocina.

—Me importa un pito lo que pueda pensar cualquier miembro de la familia Colborn –le espetó Riley mientras salía. Agarró el vaso y se lo bebió de un trago.

Kalissa subió al jet detrás de Darci. Habían pasado cuatro días en el spa Glimmer Mist Falls y se dijo que se encontraba mejor. Megan había vuelto a Chicago el segundo día, ya que tenía que trabajar, pero Darci insistió en que Kalissa se quedara. Y esta no discutió. Echaba de menos a Riley cada minuto y no soportaba la idea de volver a la mansión ni al nuevo piso.

—¡Cariño! –exclamó Darci al entrar en el avión.

Kalissa vio a Shane de pie ante la primera fila de asientos.

—He venido a acompañaros –dijo este besando a Darci–. Hola, Kalissa.

—Hola, Shane –le costó sonreír.

—¿Cómo estás?

—Bien –contestó Kalissa mientras tomaba asiento frente a su hermana–. Mejor de lo que estaba. Gracias por haberme traído aquí, Darci –dijo Kalissa–. Gracias a los dos.

—No hay de qué –contestó Shane–. El dinero, el avión e incluso la mansión son tan tuyos como nuestros.

Darci se lo había dicho un montón de veces. Pero, esa vez, Kalissa no discutió. Había llegado el momento de aceptar su nueva vida.

—Quiero saber cómo puedo ayudar –le dijo a Shane–. No puedo dedicarme toda la vida a renovar tu jardín. Quiero contribuir en la empresa.

—Muy bien –respondió Shane sonriendo.

—¿Qué te parece el diseño de interiores? –preguntó Darci mientras el avión rodaba por la pista para despegar–. Tienes buen gusto para los colores y las formas.

—¿Te refieres a elegir los colores de la tapicería y las alfombras? –preguntó Kalissa.

—Se refiere a dirigir el departamento de diseño –contestó Shane.

—Podría trabajar con Agnes durante unos meses –le dijo Darci a Shane. Después, se volvió hacia Kalissa–. Agnes se jubila a principios de año y hay que buscarle un sustituto.

—Ayer fui a ver a Riley –comentó Shane.

Darci lo miró con sorpresa. Kalissa permaneció inmóvil y sintió una opresión en el pecho.

—Tengo que hacerte una pregunta.

—¿Qué? —preguntó Kalissa. A pesar de que estaba enfadada y con el corazón destrozado, ansiaba tener noticias de Riley. Era lamentable, pero estaba enamorada de una ilusión.

—Le he hecho una propuesta.

—¿Cuál? —preguntó su esposa comenzando a enojarse.

—Reconocer públicamente que es mi hermano y darle la mitad de mi parte de Colborn Aerospace y la mansión.

—¿Qué? —Darci estuvo a punto de levantarse del asiento de un salto—. ¿Por qué vas a dejar que forme parte de nuestra vida?

¿Riley ligado a Colborn Aerospace? ¿Riley yendo y viniendo de la mansión? No iba a poder soportarlo.

—Sin embargo, le he puesto una condición —prosiguió Shane con voz serena—. Tiene que dejar a Kalissa y no hacerla sufrir al intentar recuperarla.

—¿Lo has sobornado? —preguntó Darci. Preocupada, miró a Kalissa.

Kalissa cada vez se encontraba peor.

Riley había ganado, después de haberle mentido y partido el corazón.

—La ha rechazado —dijo Shane.

—¿Qué parte? —preguntó su esposa, sin comprender.

—Toda la propuesta, ya que se niega a renunciar a Kalissa. Afirma que sus derechos hereditarios y los millones que suponen no son bastante.

Darci fue a decir algo, pero se calló.

Kalissa comenzó a sentir un rugido cada vez más fuerte en los oídos, como si los motores del avión sonaran con mayor intensidad.

—¿Kalissa? —su hermana la tomó de la mano.

—Yo no… —fue todo lo que pudo decir.

—Te prefiere a ti antes que a mí o a la empresa —Shane sonrió y negó con la cabeza como si no se lo creyera.

—¿Es que no ha entendido la propuesta?

—Claro que la ha entendido.

—Entonces, ¿por qué? —preguntó Kalissa atisbando un rayo de esperanza.

—Solo hay un motivo —contestó Shane.

—No me irás a decir que confías en él —observó Darci.

Kalissa contuvo la respiración.

—No diría yo tanto, pero sé que está enamorado de Kalissa.

—¿Estás de su parte?

—Es mi hermano.

Kalissa sintió una mezcla de emoción y temor. Sabía que no debía tener esperanzas, pero era incapaz de contenerse.

El domingo, Riley estuvo en la planta de montaje. Después, fue al gimnasio e hizo ejercicio hasta quedar agotado. Finalmente, se marchó a su casa.

Al llegar se puso unos cómodos y gastados pantalones de chándal y, descalzo, fue a buscar algo de comer a la nevera. Más tarde, se evadiría viendo una película de acción y se iría a la cama con el firme propósito de no soñar.

Sabía que tenía que recomponer su vida, pero no lo haría esa noche.

Sonó el timbre de la puerta y cerró la nevera.

Abrió la puerta y se quedó en blanco.

Kalissa estaba en el porche. Llevaba un elegante vestido dorado de falda corta. El pelo se lo había recogido en una trenza e iba más maquillada de lo habitual.

–Me lo compré en Nueva York –dijo ella en tono de disculpa–. Ahora soy una princesa que forma parte del imperio Colborn.

Él no se atrevió a sentirse esperanzado. Vio a Garrison junto al coche.

–¿A qué has venido, Kalissa?

–Tenemos que hablar –afirmó ella poniéndole la mano en el pecho.

–Desde luego.

–Pero, en realidad, no quiero hablar –ella lo miró con una descarada expresión de sensualidad en los ojos–. Y si dices algo que no debas –añadió frotándose contra él–, tendré que marcharme.

Riley no diría nada que no debiera. Cerró la puerta.

–Si lo nuestro va a terminar, quiero hacer el amor por última vez.

La tomó en brazos y se dirigió inmediatamente al dormitorio. Era una propuesta extravagante, peo no iba a discutir.

—Kalissa... —dijo mientras la dejaba en el suelo.

—No digas nada —pidió ella ofreciéndole los labios. Él la besó al tiempo que le acariciaba el cabello, pero antes de que la cosa se pusiera interesante, ella se separó.

A él se le cayó el alma a los pies.

Sin embargo, ella se quitó las braguitas y le quitó los pantalones. Después le empujó por los hombros para que se sentara. Él así lo hizo y ella se puso a horcajadas en su regazo.

—La primera vez deprisa; la segunda, muy, muy despacio.

—Sí —susurró él.

Hicieron el amor dos veces, comunicándose únicamente mediante caricias, suspiros y gemidos. Después, cuando estaban cubiertos de sudor y eran incapaces de moverse, él le colocó la cabeza en su hombro y se relajó lleno de satisfacción.

—Hay algo que no te había dicho. Y lo siento.

—¿Tienes un secreto? —preguntó él, sorprendido.

—Sí. Es sobre Colborn Aerospace.

El teléfono de Riley sonó y soltó un juramento.

—No te muevas —dijo él poniéndole la mano en el estómago al tiempo que agarraba el móvil con la otra.

—¿Sigue Kalissa contigo?

—¿Shane? Desde luego.

—Muy bien. Te voy a hacer otra propuesta.

—¿No puedes esperar?

—Te quedas con Kalissa.

Riley no movió un músculo.

—Reconoceré públicamente que eres mi hermano. Fusionaremos Colborn Aerospace y Ellis Aviation, repartiremos las ganancias y compartiremos la mansión. Me sigo quedando con el ático, pero supongo que podrás vivir en el de Kalissa.

Riley tuvo que contenerse para no gritar «¡sí!».

—¿Le has pedido ya que se case contigo? Como soy tu hermano mayor, creo que es mi deber...

—Solo eres dos meses mayor que yo.

—Y llevo casado dos meses más que tú. Cerremos el trato ahora, hermano.

—Acepto —afirmó Riley, pero titubeó al hacer la siguiente pregunta—. ¿Crees que tengo alguna posibilidad?

—Kalissa sabe que has renunciado a un montón de dinero por ella.

—Ah, ahora lo entiendo. Gracias.

—De nada.

—Tengo que colgar.

—De acuerdo.

Riley presionó la tecla de finalización de la llamada y se acercó más a Kalissa. Apoyó la cabeza en la almohada para susurrarle al oído.

—¿Qué puedo hacer para que esto funcione? ¿Qué quieres que diga?

Ella le agarró la mano y se la puso frente al rostro, examinándole la palma.

—Darci me ha cedido la mitad de la empresa. Bueno, la mitad de su mitad.

—¿Por qué? —preguntó él, extrañado.

—Parece que le hubiera correspondido a mi padre. Soy uno de ellos, Riley. Es algo más que ser la hermana de Darci. Te quiero, Kalissa.

Ella se giró para situarse frente a él.

—Me lo suponía.

Él rio, le alisó el cabello, le acarició la oreja y la mejilla y la besó en los labios.

—Shane me ha dicho que rechazaste su oferta.

—Solo te quiero a ti.

—Creo que fue una prueba y que lo hizo por mí, para que estuviera segura de tu amor.

—Es muy astuto.

Ella le agarró la mano y se la llevó al pecho.

—Te quiero, Riley.

—Cariño...

—Te he echado mucho de menos.

—Ya no tendrás que hacerlo. Ojalá tuviera un anillo y una botella de champán. Y sería mejor que estuviéramos vestidos, porque esto se lo tendremos que contar a nuestros nietos.

—Todo eso lo haremos después

—Cásate conmigo —le pidió Riley.

—Sí, claro que sí.

No te pierdas, *Un trato con el jefe*,
de Barbara Dunlop,
el próximo libro de la serie
Hombres de Chicago
Aquí tienes un adelanto...

La noche del sábado acabó pronto para Lawrence Tucker, Tuck. La cita no había ido bien. Ella se llamaba Felicity. Tenía una sonrisa radiante, cabello rubio, un cuerpo maravilloso y un elevado cociente intelectual. Pero no paraba de hablar con su voz chillona, además de estar en contra de subvencionar las guarderías y el deporte infantil. Para colmo de males, odiaba a los Bulls. ¿Qué habitante de Chicago que se preciara odiaba a los Bulls? Era pura deslealtad.

Después de la cena, Tuck estaba cansado de escucharla, así que decidió dejarla en su piso con un leve rápido beso de despedida.

Al entrar en el vestíbulo de la mansión familiar de los Tucker, pensó que el sábado por la mañana había quedado con su amigo Shane Colborn para jugar al baloncesto.

—Es una imprudencia —la voz airada de su padre, Jamison Tucker, le llegó desde la librería.

—No digo que vaya a ser fácil —contestó Dixon, el hermano mayor de Tuck, lleno de frustración.

Los dos hombres dirigían Tucker Transportation, un conglomerado de empresas multinacionales. No era habitual que discutieran.

—Eso es quedarse corto —afirmó Jamison—. ¿Quién

va a ofrecerse? Yo estoy muy ocupado. Y no vamos a mandar a un ejecutivo con poca experiencia a Amberes.

–El director de operaciones no es un ejecutivo sin experiencia.

–Necesitamos al vicepresidente para representar a la empresa. Te necesitamos a ti.

–Pues manda a Tuck.

–¿A Tuck? –se burló su padre.

Incluso después de tantos años, seguía doliéndole que su padre no lo respetara ni creyera en él.

–Es uno de los vicepresidentes.

–Solo de nombre. Conoces los defectos de tu hermano tan bien como yo. ¿Y resulta que, precisamente ahora, quieres tomarte unas largas vacaciones?

–No he podido elegir el momento.

–Ella te ha hecho daño, hijo –afirmó su padre moderando el tono de voz–. Todos lo sabemos.

–La que ha sido mi esposa durante diez años ha traicionado todas las promesas que nos hicimos. ¿Sabes lo que se siente?

Tuck se compadeció de Dixon. Había pasado unos meses terribles desde que pilló a Kassandra en la cama con otro hombre. Los papeles definitivos del divorcio habían llegado esa semana. Dixon no había querido hablar de ello.

–Es normal que estés enfadado. Pero ella, gracias al acuerdo prematrimonial, se marcha casi sin nada.

–Para ti, todo es cuestión de dinero, ¿no? –observó Dixon con voz carente de emoción.

Acepte 2 de nuestras mejores novelas de amor GRATIS

¡Y reciba un regalo sorpresa!

Oferta especial de tiempo limitado

Rellene el cupón y envíelo a
Harlequin Reader Service®
3010 Walden Ave.
P.O. Box 1867
Buffalo, N.Y. 14240-1867

¡Sí! Por favor, envíenme 2 novelas de amor de Harlequin (1 Bianca® y 1 Deseo®) gratis, más el regalo sorpresa. Luego remítanme 4 novelas nuevas todos los meses, las cuales recibiré mucho antes de que aparezcan en librerías, y factúrenme al bajo precio de $3,24 cada una, más $0,25 por envío e impuesto de ventas, si corresponde*. Este es el precio total, y es un ahorro de casi el 20% sobre el precio de portada. !Una oferta excelente! Entiendo que el hecho de aceptar estos libros y el regalo no me obliga en forma alguna a la compra de libros adicionales. Y también que puedo devolver cualquier envío y cancelar en cualquier momento. Aún si decido no comprar ningún otro libro de Harlequin, los 2 libros gratis y el regalo sorpresa son míos para siempre.

416 LBN DU7N

Nombre y apellido	(Por favor, letra de molde)	
Dirección	Apartamento No.	
Ciudad	Estado	Zona postal

Esta oferta se limita a un pedido por hogar y no está disponible para los subscriptores actuales de Deseo® y Bianca®.
*Los términos y precios quedan sujetos a cambios sin aviso previo.
Impuestos de ventas aplican en N.Y.

SPN-03 ©2003 Harlequin Enterprises Limited

Bianca

¡En el juego de la seducción, el guapo empresario siempre se salía con la suya!

Alessandro Falcone era famoso por ganar en todo lo que se propusiera. Cuando se vio obligado a viajar a Escocia, pensó que era una inconveniencia. Por eso, el plan del millonario soltero era tomar lo que quería e irse... hasta que la guapa Laura Reid se convirtió en una deliciosa distracción en las largas y frías noches escocesas...

Laura no tenía nada que ver con las sofisticadas modelos con las que solía salir Alessandro, pero su voluptuosa figura y su bello rostro, natural e inocente, representaban para él un atractivo al que no podía resistirse.

UNA MARIONETA EN SUS MANOS
CATHY WILLIAMS

N° 2533

¡YA EN TU PUNTO DE VENTA!

Acepte 2 de nuestras mejores novelas de amor GRATIS

¡Y reciba un regalo sorpresa!

Oferta especial de tiempo limitado

Rellene el cupón y envíelo a
Harlequin Reader Service®
3010 Walden Ave.
P.O. Box 1867
Buffalo, N.Y. 14240-1867

¡Sí! Por favor, envíenme 2 novelas de amor de Harlequin (1 Bianca® y 1 Deseo®) gratis, más el regalo sorpresa. Luego remítanme 4 novelas nuevas todos los meses, las cuales recibiré mucho antes de que aparezcan en librerías, y factúrenme al bajo precio de $3,24 cada una, más $0,25 por envío e impuesto de ventas, si corresponde*. Este es el precio total, y es un ahorro de casi el 20% sobre el precio de portada. !Una oferta excelente! Entiendo que el hecho de aceptar estos libros y el regalo no me obliga en forma alguna a la compra de libros adicionales. Y también que puedo devolver cualquier envío y cancelar en cualquier momento. Aún si decido no comprar ningún otro libro de Harlequin, los 2 libros gratis y el regalo sorpresa son míos para siempre.

416 LBN DU7N

Nombre y apellido	(Por favor, letra de molde)	
Dirección	Apartamento No.	
Ciudad	Estado	Zona postal

Esta oferta se limita a un pedido por hogar y no está disponible para los subscriptores actuales de Deseo® y Bianca®.
*Los términos y precios quedan sujetos a cambios sin aviso previo.
Impuestos de ventas aplican en N.Y.

SPN-03 ©2003 Harlequin Enterprises Limited

¿VENGANZA O PASIÓN?

MAXINE SULLIVAN

Tate Chandler jamás había deseado a una mujer tanto como a Gemma Watkins... hasta que ella lo traicionó. Sin embargo, cuando se enteró de que tenían un hijo, le exigió a Gemma que se casara con él o lucharía por la custodia del niño. Tate era un hombre de honor y crearía una familia para su heredero, aunque eso significara casarse con una mujer en la que no confiaba. Su matrimonio era solo una obligación. No obstante, la belleza de Gemma lo tentaba para convertirla en su esposa en todos los sentidos...

ELLA HABÍA VUELTO A SU VIDA, PERO NO SOLA...

¡YA EN TU PUNTO DE VENTA!

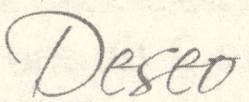

Corazones entrelazados
Maureen Child

En los planes de Brady Finn, el multimillonario diseñador de videojuegos, no entraba una chica irlandesa que lo desafiase constantemente.

Esa chica era Aine Donovan, la deslumbrante gerente del hotel que acababa de comprar, y Aine no iba a permitir que Brady, que ahora era su jefe, destruyese las tradiciones con las que se había criado, ni iba a dejarse seducir por él.

Sin embargo, la atracción que había entre ellos era tan fuerte que no pudo resistirse a él, y cuando se quedó embarazada tras una noche de pasión, decidió que lo mejor sería ocultárselo.

Él no estaba dispuesto a renunciar a ella tan fácilmente

¡YA EN TU PUNTO DE VENTA!

Deseo

Corazones entrelazados
Maureen Child

En los planes de Brady Finn, el multimillonario diseñador de videojuegos, no entraba una chica irlandesa que lo desafiase constantemente.

Esa chica era Aine Donovan, la deslumbrante gerente del hotel que acababa de comprar, y Aine no iba a permitir que Brady, que ahora era su jefe, destruyese las tradiciones con las que se había criado, ni iba a dejarse seducir por él.

Sin embargo, la atracción que había entre ellos era tan fuerte que no pudo resistirse a él, y cuando se quedó embarazada tras una noche de pasión, decidió que lo mejor sería ocultárselo.

Él no estaba dispuesto a renunciar a ella tan fácilmente

¡YA EN TU PUNTO DE VENTA!

Bianca

Una amante a las órdenes del jeque

El jeque Khalifa estaba aburrido de las posibles esposas que desfilaban ante él. Por eso, cuando descubrió a la dulce e inocente Beth Torrance en la playa del palacio, recibió tan agradable distracción con los brazos abiertos…

Beth había llegado a la isla siendo virgen e ingenua, pero se marchó con una gran esperanza… y con el futuro hijo del jeque en su vientre. Cuando el sultán del desierto juró que tendría a su heredero y que convertiría a Beth en su amante permanente… ella no pudo hacer otra cosa que acatar el mandato real.

EL SULTÁN DEL DESIERTO
SUSAN STEPHENS

2

¡YA EN TU PUNTO DE VENTA!

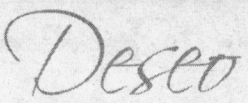

Juegos del destino
Barbara Dunlop

Nacido de una relación equivocada, Riley Ellis había decidido dejar de estar a la sombra de su hermanastro, el heredero legítimo. Dispuesto a que su compañía tuviera éxito, necesitaba algo que le diera ventaja sobre su hermanastro. Y esa baza era Kalissa Smith. Solo él sabía que Kalissa era la hermana gemela de la esposa de su rival. Su unión con ella provocaría un enorme escándalo. Cuando Kalissa se enteró de la verdad, la pasión de Riley por ella era verdadera. Pero ¿podría convencerla de que no era solo un peón en su plan?

¿Era verdadera la pasión de Riley por ella?

¡YA EN TU PUNTO DE VENTA!